週末介護

岸本葉子

晶文社

装丁　鈴木千佳子

週末介護　目次

1章

みんなで分ければこわくない？

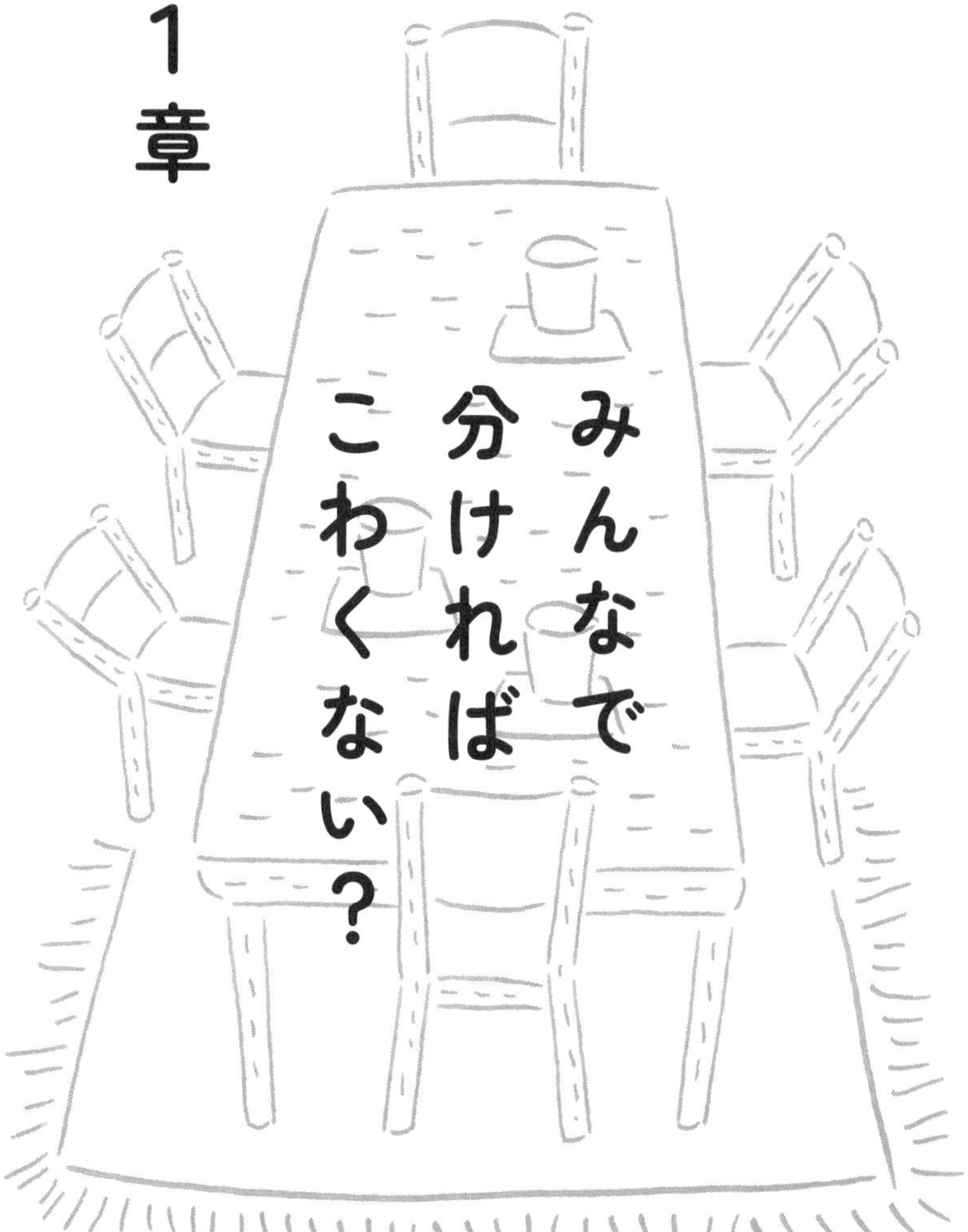

できそうになくても

父が九十歳で亡くなるまで、ほぼ在宅で介護した。

母は七十代のとき入院しアッという間に亡くなってしまったので、介護ははじめての体験だ。

家族は独身の兄と、二人の息子のいる姉、それと私。

親が七十を過ぎたあたりから、介護のことは気がかりだった。私にはできそうにないと思っていた。

二十代からずっとひとり暮らし。時間はまるまる自分の計画どおりに使い、他の人のペースに合わせたことがない。生活空間に自分以外の人がいるのは、中国に留学したとき寮で同室の人がいたときだけだ。

仕事の基本はものを書くこと。家にいる間は何ものにも乱されず集中している。取材や講演で家をあけることもときどきある。

介護をすると、それらができなくなるのでは。フリーなのでそれはすなわち収入がとだえることを意味する。

一時期、介護をしなくてすみそうな気配があった。兄は私が家を出た後養子に来た人で、とても孝行者。母亡き後も父と二人で住んでいて「これからもずっとお父さんを最期までみます」と言ってくれた。

私は不謹慎な表現だが「ラッキー！」と正直思った。介護のたいへんさはつとに聞いており、わが身に降りかかったらどうなることかと案じていたが、あらかじめ免除されるとは、なんて運がいいのだろう。

同じ都内にある彼らのマンションに月三、四回顔を出しては、父の話し相手をするとか、掃除、洗濯、料理の作りおきといった家事を申し訳程度にするくらい。「将来のことは兄に任せた、彼がそう請け負ったのだし、父も彼との同居を選んだのだし」というつもりだった。一方でもの忘れが進んでいるのも、兄は多くを語らなかったが、父の言動からなんとなく感じていた。

やがて二人は近県に家を購入し、引っ越した。庭付き一戸建てで、父の好きな庭いじりができる。父の衰えを防ぐことになるのではと、兄は考えたのかもしれない。環境はいいが、私の家からは遠くなり、顔を出す頻度は月一、二回に減った。

都内で自営業をしている兄は、朝食を父とともにとり、昼は配食サービスを頼んで出勤していたが、夜に帰ってみると食べていないことが多く、やがて昼休みを調整しいったん戻るようになった。六十代で、家と職場を日に二往復するのが体にこたえぬはずはない。

姉もようすをみに通いはじめた。姉の家からも遠くなったし、郊外型の宅地なので車の免許を持っていない姉には買い物がたいへんだ。

二人の苦労を前にして、自分だけ「一抜けた」とばかり知らんぷりしているわけにはいかない。

実は少し前から私は、自分の家の近所にマンションを物色していた。最期までみます、任せましたとはいえ、親の老化はきょうだいの誰にも未知の体験、関わらざるを得ない日が来るかもしれない。できるのできないのと言っていられず、来るときは来る。その日のため、父の住まいを探そうと。

暮らしをなるべく変えないで

仕事を続けるのは大前提。行き来に時間がかからない方がいいが、同居となると移動時間ゼロでも仕事や日常生活に影響がありすぎる。それまでの暮らしのスタイルをなるべく変えずにすむ方法として考えたのが、少し広めの住まいを用意し、家族みんなに出入りしてもらうことだ。

父だけを引き取って、ひとりで介護するのは無理だが、代わる代わるみんなで分ければなんとかなる。自分の家の近くにするのは、自分にいちばん都合がいいからではあるが、姉には兄の家へ行くよりは来やすく、買い物の便はいい。兄の職場からも自分の家へ帰るのとどっこいどっこい。現実性はある！

不動産仲介会社に相談にいき、ネットに出る売り物件の情報もこまめにチェックした。借りるのでなく買うことを考えたのは、借りると父が長生きすればするほど賃料の負担がつらくなり、「早く解放されたい……」と願ってしまわないかと思ったからだ。ローンなら組み方次第で月々の負担は賃料より安くすみ、最終的に家が残る。

条件は、父の居室以外にもうひとつ寝る部屋があること。台所で仮り寝みたいな状況だと、家族が泊まってくれなくなる。そうすると「みんなで分ける」という私の目論見は外れてしまう。間取りとしては２ＬＤＫ以上。

建物が面している道は、あまり交通量が激しくないよう。建物の玄関を出たとたん、車にはねられては困る。

できれば玄関に段差がないよう。そして兄のいない昼間だけでも管理人さんがいてくれたら理想的。

いちばんのネックはエレベーターの有無だ。家の中でも転びやすくなっている父の状況を思うとエレベーターは必需品だが、私の家の周囲は低層住宅地のため、マンションがあってもせいぜい四階建て。その高さだと多くはエレベーターがなく階段だ。

通りかかって「おっ、これは」と思うとエレベーターがなかったり、めずらしくエレベーターがあると賃貸だったりする。たぶんあの頃は近所のあちこちのマンションの防犯カメラに、玄関から覗き込んではエレベーターや段差の有無を確かめる不審な中年女性が映っていたことと思う。

ネットの物件情報には、エレベーターの有無などは記されている。が、個人情報の関係からだろうか、マンション名は載っているものの所番地の詳細が載っていない。「この辺」というくらいはつかめるが、私の家からの正確な所要時間がわからない。

やがて本屋で、マンション名から場所を特定できる詳細な住宅地図があると知った。これがあれば、物件探しはぐんとハカがいく。大型本で一万円以上し、家の購入は一回しかしないのにもったいない気がしたが、著者アンケートやコメントの謝礼にもらった図書券をかき集めて買った。「業者以外でこれを持っている人、ふつういません」と不動産仲介会社の営業の人に言われたくらいだから、かなりマニアックな域に達していたと思う。むろん義務感のみでそこまでできるわけではなく、間取り図とか建物とかを見るのが基本的に好きなのだ。ひと頃は駅から家までの通り道のマンションは、どれが賃貸でどれが分譲かやエレベーターの有無まで、ほぼ頭に入っていた。

探しはじめて一年ほどで、理想のマンションと出会えた。エレベーター付き、集合玄関にはスロープ、平日の昼間は管理人さん駐在。３ＬＤＫを間取り変更した２ＬＤＫで、父以外の人が寝る部屋がある他、広めのリビングで家族団らんができる。暖房はエアコンと床暖房、キッチンはＩＨのため、父がひとりでいるとき何よりこわい火事を出す心配がない。室内は段差がなく、父がひとりでいるとき二番目にこわい転倒のリスクが少ない。集合玄関はオートロック、父がひとりでいるとき三番目にこわい外部の侵入者を防げる。一戸建ての兄の家では、兄が帰るとシロアリ駆除の高額の契約書が置いてあったことがあり、幸い判はついていなかったものの、兄は卒倒しそうになったという。私も「何もわからないと思って、年寄りを騙してお金をとろうとするなんて」と憤慨した。

緊急時には室内からセコムに通報できる押しボタンがトイレと、お風呂の脱衣所に。セコムと話せるインターホンも。箪笥に代わるクローゼットと食器棚が作りつけなので、私はそれらの家財を買わなくてすむ。

おまけに売り主さんの七十代夫婦と息子さんがとてもいい人で、私が親のために買うと知ったらダイニングテーブルと引き出し箪笥を残していってくれた上、トイレとお風呂のフタをわざわざ私たちのために新調し、ベランダには鉢植えの花まで飾っていってくれた。

契約したのは夏の盛り。ほっとして、秋には姉にいっしょに家を見にいってもらい、帰りにはなぜか姉の息子たちと待ち合わせて、井の頭公園のそばの動物園でゾウのはな子を見にいったのをおぼえている。よく晴れた穏やかな日で、老いたゾウの背中の毛が、秋陽に透けて金色に光っていた。

本人の意思

ローンは、がんの既往歴があると難しいという噂を聞いていた。ローンを組むにはローンとセットの生命保険に入るのだが、私はがんから七年めでフォローのためまだ通院していた。生命保険の申込書の「現在通院していますか」には「はい」「何の病気ですか」には「がん」となってしまうのだ。が、そこは銀行へ出向いて縷々《るる》説明した。

支払いと引き渡しは少し先の翌年が明けてから。契約からその間に、あの思い出すだにおそろしいリーマンショックが起き、頭金にするつもりで証券会社に預けていたお金が半分近くに減ってしまい、そのぶん融資を倍近く増額してもらわねばならず、銀行に泣きついた……とはおおげさだが、再び足を運んで頭を下げた。幸いにも増額が認められ、月々約十万円を七十八歳（！）まで払うことで落ち着く。一生かけてのローンである。

しかしこれらはあくまで、私の描いた青写真。当然のことながら、そうそう自分の思いどおりに人が動いてくれるわけもなく、まず父が難色を示した。

本人の意思が何よりだいじと「実はこういう家があって、お兄さんといっしょに……」と周辺環境の写真や間取り図まで見せて話したが、次に訪ねたとき父に聞くと、兄がどうも乗り気でなく、そうである以上自分も引っ越す気はないという。

「引っ越しなんておおげさな話じゃなくて、ここはここで今のままにしておいた上で、セカンドハウスのつもりで、月の半分でも自由に行き来してもらえばいいから」

と言っても、はかばかしい返事はない。

ガス、電気、水道の契約はすませ、電話も引いて、前の人が置いていってくれたダイニングテーブルに合わせて椅子を通販で買い、百貨店のベッドフェアでソファベッドを誂え、カーテンも注文し、人が泊まれる最低限の態勢は整えた。しかし、かんじんの人が来ない。そうこうするうち、父が気管支炎で入院してしまった。

売り主さんからもらった花だけは枯らさないため、水遣りには行っていた。仕事帰りの夜、鍵を回して玄関のオートロックを開け、人の気配のない暗い部屋に入り込み、じょうろに水を張ってベランダの鉢にかける。季節は冬。白い息を吐きながら、冷え冷えした夜空を眺めては、

「私のひとり決めで、とんでもない的外れなことをしてしまったのかも」

と胸の内まで寒々とした。

銀行から「居住確認はさせてもらいますから」と言われているのも、私の胸を重くしていた。家族が住むということで利率の低いローンを適用したが、そうでないと投資用とみなされ利率が高くなるそうだ。支払いにあえぎ、ただ買って空にしておいたまま売り払うことになるのかと、悪い想像ばかりがふくらむ。私の家物語は、無事契約をすませゾウのはな子を見にいったあの秋の一日がピークだったのだろうか。

コミュニケーションを見直す

突破口は姉によって開かれた。春になって気管支炎も落ち着き、父の家はいつもの暮らしに戻っていたが、向こうに行ってきた姉が「どうもお兄さんに正しく伝わっていないみたいだよ」。もっと小さくひとりしか住めない部屋だと父は思っているらしい。

「えーっ、間取り図まで渡したのに」

私は悟った。これまできょうだいとは必ずしも常に親密ではなく、何か伝えたい状況のあるときは父を通して言うことがほとんどだった。父が衰えたといいながら、私のコミュニケーションスタイルは変わっていなかった。本人の意思がだいじとは言い訳で、相変わらずの親頼みだったのだ。でももうそれは通用しない。面と向かって言わなければ。

兄と電話で話したところ、

「えっ、ほんと？　よかったら、今日見にいきます」

仕事帰りの兄と急遽待ち合わせて、マンションへ案内すると、ひと目見て、

「あっ、ここに住むのはお父さん、幸せ。まだ見ていない？　次の休みに連れてきます」

介護がはじまってからもよくよくわかったが、こうと思ったらすることは早い人なのだ。

次の休みにほんとうに父を連れてきて、幸い本人も気に入り、トントン拍子に事が進んだ。

半年以上の膠着期間が嘘のようだ。

兄がテレビ、洗濯機、冷蔵庫など、あるは買い、あるは家から持ってきて、人の住める態勢がみるみる出来上がり、五月上旬めでたく入居。当座の衣類や日用品を紙袋いっぱい詰め込んで、兄、姉、姉の息子で連れてきた。

半月ほど前に見にきた家だが、父はきょとんとして、

「いいお宅」

と言った。しばらくみなで片づけや食事、談笑などして、はたと気づいたように、

「こんなに長居していいのかしら？」

とも言った。この後もときどき出てくるが、父は割と女言葉だ。十人兄弟の末っ子でおっとり育てられたためもあるだろうし、本人によれば結婚後も生まれたのが女の子だったから、まねしないよう家庭内では男言葉をなるべく使わず、語尾は特に女言葉にし、それが習慣になったという。

新しい家に慣れず帰りたがるのを、私たちはおそれていた。長居を不思議そうにしている父に、

「ここもお父さんの家だから、いつまでもいていいんだよ」

と言うと、

「そう」

とうなずき、やがてくうくう眠ってしまった。姉によれば次の日も、その次の日も、一日何かしていて突然、

「こんなに長居していいのかしら？」

と言ったが、

「ここもお父さんの家だから、いつまでもいていいんだよ」

「そう」

初日と同じやりとりがあって、四日目には言わなくなり、家族はほっと胸を撫で下ろした。年寄りは家が変わると、前の家でトイレのあったところで用を足してしまうとも聞くが、それもなくてほっとした。長く住んだ家から移ったのでなく、兄の家にいた期間も短かったのがこの場合よかったのかもしれない。

家族、再集結

「セカンドハウスのように、月の半分でも」と言ったのは父の気を引くためのレトリックではなく、私の本心だった。月の半分こちらで過ごし、半分は向こうなら、私は月半分の関わりですむ。兄もせっかく父の好きな梅を庭に植えたり、父の部屋の前に藤棚をこしらえたりしたことだし、部屋は元通りとってあり、父が完全にこちらに移るイメージは持っていなかった。

が、この目論見もあっけなく外れた。最初の半月を過ごした後、兄の運転する車で連れ帰ったら、父はぐったり疲れ向こうでほとんど寝ていたという。長時間のドライブはもう無理とわかったのだ。

行き来という前提はなくなり、父の服や本などを次々と運び込んできた。運び込んできたものには、私が子どもの頃家にあった日本人形の置物や仏壇まであり、なじみのないマンションに時計が巻き戻されるような品々があるという、新旧混在の暮らしがはじまる。

かくして態勢は固まった。父はここを住まいとし、平日は兄はここから出勤し、ここに戻る。兄が出勤している昼間は、姉が来る。週末は兄は自分の家に帰り、私が泊まる。

正確に言えば、兄は水曜と日曜が休み、土曜は半ドンのため、火曜の夜姉か私が泊まることもある。土曜は、兄が父と夕飯を食べるまではして、私は自分の家で夕飯をすませて行き、兄と代わる。私はがん以降食事療法を続けており、土曜の夕、日曜の朝昼夕と四食を父のところで作るのは、献立にかなり無理が来るのだ。

日曜の夜、自分の家へ戻ってくる。徒歩約十分、のちに自転車を買い五分に短縮された。お金は、生活費や医療費、介護に関わる費用は、本人の年金と兄とで、食費などごく日常的なものは姉が、家に関するものや週末の食費は私が出す。

そんな分担が、なんとなく出来上がった。のちに姉の息子も加わってローテーションは変化するが、私が基本、週末なのは変わらない。

姉の息子ははじめから介護要員としてアテにしていたわけではない。姉がどうしても来られないとき代わりを頼んでいた。そのうち、頼んでいないときもひょっこりと来るようになった。姉が帰ってからまたご飯のしたくをするのはたいへんなので、息子ともどもここですませたり、お風呂に入って帰ることもあった。

そういう使われ方が、私はとてもうれしかった。介護の義務からだけでなく、なんとなく居心地いい、あるいは便利と感じ寄りついてくれる。冬の夜、人の気配のない暗い部屋にしのび込み、

「このまま空で終わるのだろうか」

と溜め息をついていた頃を思えば、夢のようだ。いくつかの目論見違いもあったが、家族が好きに出入りし、ゆるやかに集まれる家という、私の描いた青写真はほぼ現実のものになったのだ。

父の衰えが進んでひとりにしておける時間がなくなり、体を支えるのも姉や私の力では危うくなると、姉の息子たちの協力が不可欠となり、ひとりは一室にオーディオ機器などを持ち込んで自室ふうにしていった。もうひとりは姉の家のことをして、こちらに泊まるときはリビングという、年齢の近い男の子どうしの住み分けもなされていった。

介護と聞いて人がふつう思い浮かべる下の世話とか寝返りを打たせるので腰を痛めるとかの「ザ・介護」という状況だったのは、その家に住んだ五年間のうち最後の一年ほどだ。本人も

家族も未知な体験に、ときに状況を持て余すこともありながら、大筋においては和やかな時間のうちに、ゆるゆると事態は進行していったのである。

2章

おしゃれとファッション

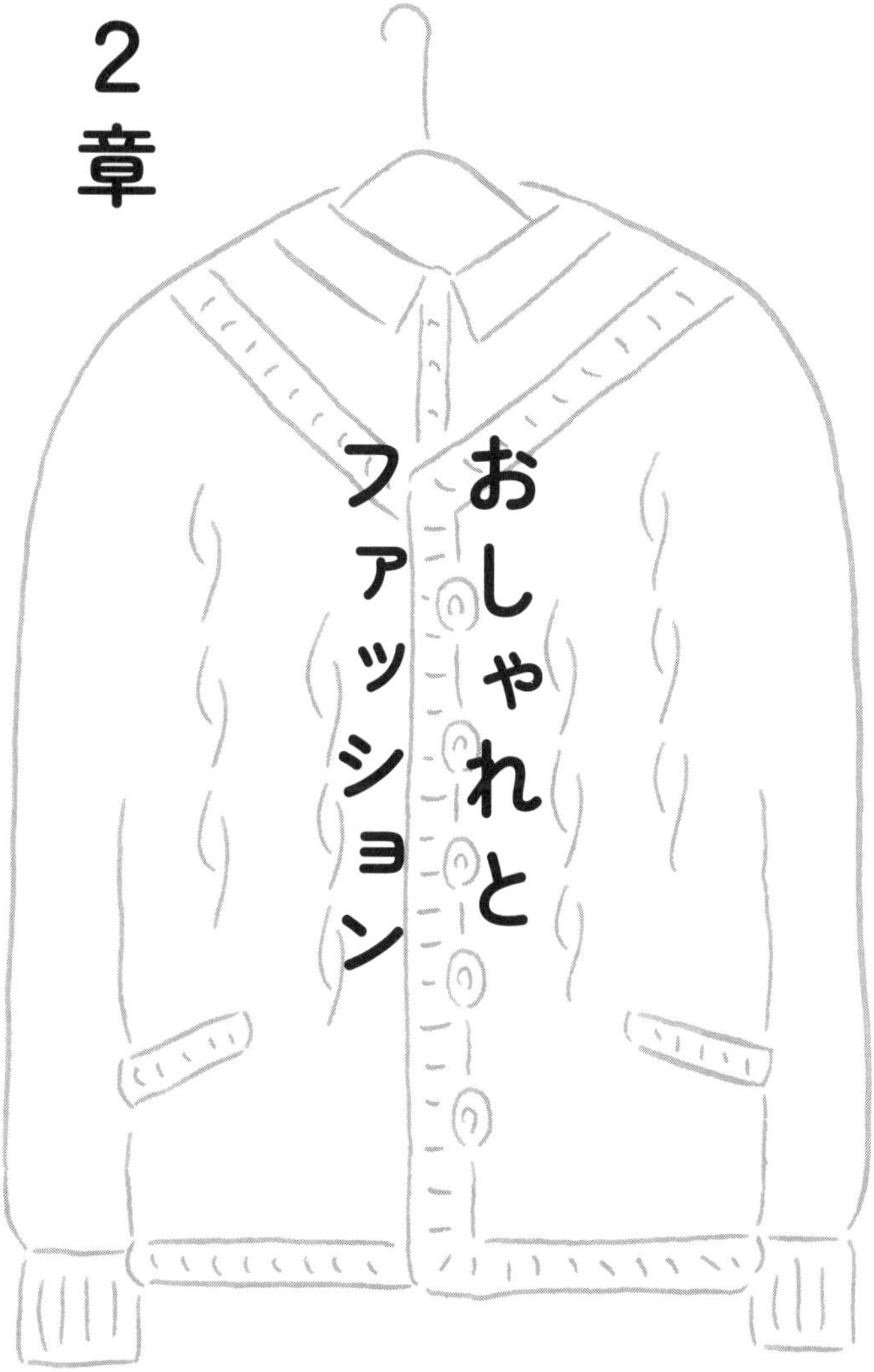

「きれいな老人」をめざす

兄と姉にほぼ任せきりの頃と違い、新しい家では家族がもっと連携を取っての介護がはじまった。

きょうだいで一致していたのは「きれいな老人をめざそう」ということだ。

父が都内の兄のマンションにいて、まだひとりで出かけられた頃私は、とある駅で待ち合わせ温泉旅行へ連れ出したことがある。

列車で隣の席に座り、ふと父の服を見て息を呑んだ。グレーのカーディガンを着ていたのだが、胸の前が食べこぼしのようなしみでいっぱいだ。固まりついて、てかっているところもある。宿の人も、ぎょっとするのではなかろうか。

汚れているよとも指摘できず、

「そ、そのカーディガン、行った先ではたぶん寒いと思うから、別のを買いましょうか」

とおそるおそる言い、途中下車して衣料品店を探した。

目が悪くて気づかないのだろうと思ったが、あの頃からすでに身の回りの管理が少しずつできなくなっていたのだろう。介護する者が注意を払わなければ。

自分が街で年寄りと接する経験からも、清潔感のある方が安心して声をかけやすい。

テレビのニュース番組などで介護施設が映ると、トレーニングウェアの上下を着て、男も女も脂気のない散切り頭のことが多い。そうなる事情は後によくよくわかったが、とりあえずそれは止めようという話にきょうだいの間でなった。

父の服装の趣味はトラッドというのだろうか、昔から家でも白か水色のワイシャツ、濃いグレーか紺の前に折り目のついたウールのズボンを穿いていた。季節によってその上にウールのチョッキかカーディガン、色は淡いグレーか紺か臙脂《えんじ》かキャメルだ。肌着は薄い綿のU首シャツにズボン下、厚手の綿のシャツにズボン下、それにラクダのシャツにズボン下と季節によって重ねていく。出かけるときは黒の革靴、カーキグレーのコートか黒のウールコート、臙脂かグレーのマフラーに黒のベレー帽。

そのファッションの路線は守る。

もちろん介護者が少しずつ楽なようにはする。ワイシャツはアイロンをかけなくてすむ形状記憶加工、ズボンもプレス加工のを。ウールのコートは本人が重いと言って、中綿の軽量コートに変更。色は黒なので、イメージはそう変わらない。

「きれいにしていらっしゃいますねと言われた」

「おしゃれなおじいさんですねと言われた」

散歩に連れていった姉はうれしそうに報告した。

髪は自分で撫でつける。父は禿げてはおらず総白髪で、前髪を分け額を出している。

身繕いは洗面所へ手を引いていくことからはじまる。

「顔を洗いましょう」

「口をゆすぎましょう」

介護をはじめてすぐは「歯をみがきましょう」と言ったが、父は総入れ歯でみがく歯がすでにないのだった。長く別居していた私はそんなことも知らない。

ひとつひとつの行動は促してはじまるのだが、髪については櫛を持たせると、父の内の何かのスイッチが入るようだ。鏡を見つめ動作に集中する。整髪油をたっぷり櫛に塗りつけ、前髪をいったん全部おろして下向きに梳《と》かしてから、左へ分ける分を櫛に載せ持ち上げて後ろへ流し、次いで右を整える。昔から変わらぬスタイルだが、

「あの髪型はこういうふうに作るのか」

はじめて知るとともに、身についた手順は忘れないものだなと思った。

しかしこの整髪油たっぷりの習慣は、介護の上では難点でもある。父の入浴は大仕事で、その上髪も洗うとなるとたいへんだ。裸でいる時間が長くなり、風邪を引くリスクも高まる。新

陳代謝は盛んではないから頭皮に脂はそうそう溜まらず、整髪油さえなければしょっちゅう洗うこともないのだ。

施設の入居者が、脂気のない頭をしているわけが理解できた。

姉が水溶性の整髪ジェルを買ってきた。油に慣れている父は、物足りなさそうだ。

問題を解決したのは、腕のいい床屋との出会いである。父を訪ねてきた年下の友人が、「駅前にいい床屋があるよ」と教えてくれた。父を連れていってくれたらしい。

次のとき行くと「総合整髪」というコースがあり、洗髪から散髪、ヒゲ剃り、眉毛切りまでして、仕上げに蒸しタオルで顔を温めてくれるようだ。まるで「男のエステ」である。私たちの前に来ていた人がそのコースのお金をレジで払っていたが、湯上がりのようなさっぱりしたようすだ。同じコースを頼むと、父もたいへん気持ちいいらしく、途中から口を大きくまるく開け、完全に身を委ねきって眠っていた。

カットは非常に巧い。下へ向かって傾斜がつくようわずかずつ段差を入れて切ってあるので、全体が自然にまるくまとまるのだ。

近県の兄の家へ引っ越した後、父がひとりで理容院へ行き、パーマをかけられて帰ってきたことがあり、私は内心憤慨した。まとまりがよくなるようにして下さいとでも父が言ったのだろうが、八十五過ぎた人に、しかもパーマも何も知らないのは話せばすぐわかる人に、パーマをかけるだろうか。生まれてこの方パーマをかけたことのない父の頭皮はすっかり傷んでしまっていた。

カットが上手だと何もパーマをかけなくても油で固めなくても、それなりに形がつくのだ。

この床屋は父の行きつけとなった。職人肌で無口の亭主と、気のきく妻との二人で営む、絵に描いたような町の床屋だ。女性の行くのは美容院だから、こんな近くに昔ながらのいい理容院があるとは、私は知らなかった。介護するのが父であるため、男性からの情報は有益である。

奥さんは心得た人で、父を椅子に案内した後、

「四十分くらいかかるから、その間買い物にいらしてもだいじょうぶですよ」

と私に囁く。介護者には自由に使える時間が貴重と知っているのだ。自らも経験があるのかもしれない。

親切をありがたく感じつつ、私はたいてい仕事で読むものがあったので、それを持っていって待っていた。

服の好みと現実と

着るものは、少しずつ変化した。まずラクダのシャツとズボン下を諦めた。獣毛製品は他の洗濯ものといっしょに洗えず、専用の洗剤で手洗いが原則だ。トイレの失敗が多くなると追いつかない。特に大のしみは、洗っても色が抜けない。

新しいのを買いにいき、高価なことに驚いた。さすがコートにもなるキャメルである。同じくらいの保温性なら洗濯機に放り込めるものをと、化繊の防寒シャツとズボン下に変えていった。これは少しでも汚れたらどんどん替えられ衛生は保てるが、静電気はすごい。重ね着している綿の下着といっしょくたに脱がせてから剥がすと、ばちばち音がするほどだ。着ている本人はどうなのか。仮に違和感があっても、何のためかわからないかもしれない。

好きなものを少なく持ち丁寧に使うというのは、私の老後の理想でもあったが、介護の実情とは合わなさそうだ。必ずしも好みでないもの、いちばん快適ではないものを身につけないといけなくなるのは、年をとるつらさのひとつのように思う。

洗濯の問題は、ウールのズボンも同様だ。はじめはクリーニングに出していたが、クリーニング代がかかりすぎ、家で洗うようにしたがそれも追いつかなくなり、変えた。なぜ頻繁に汚れるか、兄が父のトイレのようすを見てわかった。ベルトやホック、ファスナーのあるズボンは、トイレのとき不便なのだ。ホックを外したりファスナーを下ろしたりしていると間に合わないらしい。

兄の発見により、トイレ掃除の謎が解けた。週末しか行かない私は、日々の流れの中ではなかなかできない家事をしようと、トイレをきれいにすることに燃えていた。自分の家で使っていちばん効くと思う洗剤を持ち込み、日曜のたびにトイレに一定時間こもり、便器を抱え込まんばかりに磨いていた。が、便器の内側をいくら熱心にこすっても臭いがとれない。女性と男性とは汚れる箇所が違うのかと、便器の外側まで拭いても同様だ。「どこからするんだろう」と姉もとても不思議がっている。

兄の話を聞いて、臭いの発生源がわかった。便器とは相当離れた床と壁のひとところだ。便器に向かおうとして、そのあたりで間に合わなくなるのだろう。

簡単に脱げるゴムウエストのパンツに変える。ゴムウエストでも綿のスウェットパンツは、生地が硬いのと重いのとで手こずるようだ。やわらかで軽いフリースパンツ、色はそれまでのファッションの路線を継承し、紺や濃いグレー、黒に落ち着いた。

選ぶよろこび、いつまで

ファッションに関しきょうだいは、三者三様の思いがあった。

紳士服のチェーン店を利用する兄は、これはと思うものがあると色違いで買ってきて、父をよろこばせようとする。

姉は「お父さんは自分の趣味がある人だから」と、父の足でも歩いていける近所のリサイクルショップによく連れていった。そこは紳士物が充実しており、映画『炎のランナー』に出てくる英国の大学生が着そうな柄物のセーターが、いろいろあった。父に「選ぶよろこび」を味わわせようとしたのである。リサイクル店を使う習慣のない兄は、「お父さんに古着なんて」

という思いがあったかもしれない。

私はデパートに連れていけないかと考えた。父は割とデパート好きで、都内のマンションにいて元気だった頃は、母亡き後もひとりで日本橋や銀座に出かけ地下食品街で老舗の銘菓や瓶詰めなどを買ってきていた。今の父の家から近い吉祥寺にも、日本橋や銀座ほど大きくないがデパートはある。自分の住んでいるのがどんな町か知らない父は、タクシーに乗ればあっという間に着いてしまうところに、そんなわくわくする世界が開けていたらさぞや驚くことだろう。紳士服の店でセーターの一枚でも買い、ティールームでひと休みし、帰りは地下食品街に寄り、正面玄関前で流しのタクシーを止め……などと回る順番まで思い描き、私は夢想した。

が、実現はしなかった。日曜のデパートとその周辺はとにかく混雑し、ティールームも席がないばかりか、タクシーの乗り降りも容易でない。それに大がかりなお出かけは、一日に一回が限度だ。一回しかないチャンスなら、デパートに入ってしまうより自然の中を散歩するという健康的な方をどうしても選ぶ。足の筋肉をつけて転ばず歩けるようにするのが、父の何よりも優先課題だ。

やがて、別の理由でデパートはさらに遠のく。抵抗力が落ち、人混みで風邪をもらうのが心配だったし、トイレの問題から長時間外にいるのは難しくなった。紙オムツで大を受け止めきれないときがあるのだ。

日中も寝ていることが多くなり、縫い目の突っ張るワイシャツからパジャマかフリースのかぶりものへ変わっていった。

床屋は頑張って行っていた。が、本人が風邪ぎみ、もしくは世間で風邪がはやっていると用心して控え、ついつい間があく。月にいっぺん訪ねてくる父の年下の友人は、

「伸びたねえ。オールバックになっているじゃない」

と呆れていた。

髪は不思議とよく伸びる。皮膚の方は、ちょっとした擦り傷でもなかなか治らず、褥瘡《じゅくそう》と同じように赤黒く開いたままになってしまい、再生力の低下を思い知るのだが、髪、眉、ヒゲ、爪は伸び続ける。

ヒゲは清潔感の要《かなめ》の気がして、家族がこまめに剃る。爪も同様だが、人の爪を切るのはこんなにおっかないものかと、はじめて知った。肉をはさむのをおそれて、ついつい長めにしてしまう。そこへどうかすると大が詰まる。違和感があるとさわってしまうらしいので、爪の間の衛生を保つのもだいじだ。

その状況でも、服はなるべくトラッド路線を継承していた。車椅子で近くを散歩するときは特に。パジャマもしくはフリースの上に英国の大学生（会ったことはないが）が着そうなへちま襟のセーターを着て、グレーのマフラーを巻きつけ、愛用の黒のベレー帽に近い黒のニット帽をかぶって、タータンチェックの毛布を膝掛けにする。そのファッションで近くを散歩し、

「まあー、おしゃれなおじいさんですね」

「きれいにしていらっしゃいますね」

すれ違う人から声をかけられ、マスクの下でまんざらでもなさそうに微笑む父に代わり、

「いえ、それほどでも」

満面のうれしさで謙遜するのであった。

3章

散歩にお出かけ

平らなところで転倒

父が引っ越してきたときのいちばんの課題は、足の衰えをくい止めることだった。兄の家にいた頃は、しばしば家の中で転んだ。何かにつまずくのではない。段差も足をとられるような障害物もない平らなところで、ドタッと倒れる。

ちょっと目を離した隙に、後ろで「ドッターン！」という大きな音がして振り返ると父が転んでいる、その恐怖はしみついていると、兄も姉も言っていた。ひとりで置いてはおけないかも。そう考えたのが、ローテーション態勢をはじめたきっかけだ。

少し前から家を探しはじめていた私は、「交通量が多くなく、父がひとりで出かけるのに危なくないところ」「私の家へも、車通りの少ない道を歩いてこられるところ」という立地を考えていたが、そういう状況ではもうなかったのだ。

介護がはじまる前、父の足がどうなっているかを私は知らなかった。親とはいえ人の足を、ズボンやズボン下をまくり上げ靴下を脱がせるまでして見ることは、そうそうない。

私の家の近くに越してきて間もなく、平日の仕事帰りに父のところへ寄ると、姉と姉の息子のひとりがいて、ソファでテレビを見ている父の周りに、なんとなく集まっていた。

父はバスタオルを膝に掛けられ、床には洗面器が置かれている。足湯をしているという。父は温かいのが気持ちいいらしく、家族に囲まれている感じもいいらしく、たいへん上機嫌である。

「むくんでいるから」。姉がバスタオルを持ち上げてみせる。父の足のむくみを、はじめて目の当たりにした。人間の足というのはこうなるのか。ふくらはぎからくるぶしにかけての「くびれ」は消滅し、水を詰めた袋のよう。モノに喩えるのは気がひけるが、雨の日に店の入口に備えつけられている傘用の長いビニール袋、あれに水を満たして二本立てたかのように、膝から下が同じ太さでふくらんでいる。そして冷たい。

「むくみってそもそも何？　何でこうなるの」

驚いて私は、鞄から電子辞書を出す。

「それって、パソコンと違ってネットにつながっていないでしょ」

冷静な姉の息子が言うけれど、

「でもこの中に入っている情報は得られる。原因がわかれば対策を立てられるかもしれない」

勢い込んで「むくみ」と打ち込むと、「むくむこと。また、むくんだもの」と出て、三人して床に突っ伏した。そのようすが面白いのか父は、よりいっそう目を細めた。

電子辞書内の家庭の医学で調べると、血管外へ出た水分が血管内に戻れなくなり溜まってしまうもので、原因は腎臓、心臓、肝臓などいろいろらしいが、歩くのはよさそうだということで家族の意見は一致する。父は昔から心臓が弱く、七十代の終わり頃ペースメーカーを入れている。足は第二の心臓といわれる。心臓のポンプ機能を補って、溜まった水を血管内に押し戻し、循環を改善できるのでは。歩く機能の回復は、転倒の防止にもつながるだろう。

一日に一回は、散歩に連れ出そうと話し合った。ところが履ける靴がない。

むくんでいても履ける靴

むくみは膝からかかとまでのみならず、足の甲にも及んでいた。足の指の骨が出っぱり凸凹しているはずの甲が、水を溜めて半球のようにふくらんでいる。兄の家から持ってきた靴のどれもが入らない。引っ越しのとき履いてきた一足だけがかろうじて入るのだが、それとても玄関に椅子を持ってきて座らせ、本人も家族もしかめ面になるほどぎゅうぎゅうと力を入れて、やっとのことで押し込む。散歩に行く前に疲れきってしまう。その一足が入るのは、甲高が合うのではなく履き古して無理やり広げたからで、皮が今にも破れそうだ。

日曜にタクシーで、歩きやすい靴の専門店へ連れていった。シューフィッターがいて足の計測もしてくれる店で、黒の革靴がたくさんあったが、そこにも履けるものはない。

むくみをとるには、歩かないといけない。歩くためにはむくみをとらないといけない。鶏が先か卵が先か、みたいな話である。

「ＡＢＣマートかどこかで、スニーカーを探すか」

と考えた。父のファッションの路線から外れるが、スニーカーなら紐で調節できる。が、餅は餅屋というべきか、近所の介護用品店をひとりのときふと覗くと、父のような悩みを抱えた人向けの靴が商品化されていた。ふつうのスリッポンに似た形だが、前と左右の三方に開き、足を包み込んでからマジックテープで留めるしくみ。父の好きな黒の革靴ではないけれど、茶色のバックスキンふうの素材でトラッド路線ではあり、おしゃれ心も満たされそう。

「こういうのがあるんですね」

私は感嘆の声を上げ、店の人に話した。室内で転ぶようになって、散歩で足を鍛えたいが、むくみで履ける靴がなく、スニーカーはどうかと考えていたところで云々と。

若いときは「中高年の女性ってどうしてこう、聞かれてもいないことを、あれこれしゃべるんだろう」と不思議だったが、今はよくわかる。介護は人をおしゃべりにする……というのは私だけだろうか。

店の人はもう、そういう客の相手は慣れたもの。いかにも客と近そうな立場を感じさせる、六十年輩のエプロン姿の女性で、

「スニーカーを皆さんお考えになるようですけど、実際に履いてみると硬すぎるっていう方、多いですね。底も厚すぎるって」

ただでさえ足の感覚が鈍くなるから、その上硬く厚い底だと、凸凹を感じとれず危ないこともあるそうだ。

「すり足にもなりますからね、どうしても」

と店の人。筋肉が衰えると、歩くとき足を持ち上げなくなるそうだ。

どうりで、と合点する。兄の家にいた頃室内でよく転倒すると聞き、

「床が滑るのでは」

と滑り止めつきの靴下を買っていったことがある。が、これは解決にはならなかった。かえってつんのめるようだと父。靴下の底の爪先に近い部分に、滑りを悪くするゴムの突起が多数ついたもので、爪先を上げずに歩くならひっかかって仕方なかっただろう。

介護用品店に行った日の晩、こういう店にこういう靴があったと兄に電話で報告すると、次の週末玄関に置いてあった。仕事が休みの水曜その店に父を連れていき、早速買ってきたようだ。

がまん比べ

散歩が父の日課となった。父の家のそばにサッカーグラウンドがあり四囲が桜並木を配した遊歩道ふうになっていて、自転車に脅かされず歩ける。実は父の家を物色していたときから、この遊歩道には注目し、家族の了承をまだ得ないうちから父が家族の誰かに手をひかれてここを散歩する図を夢想していたのである（その図には自分以外の家族を思い描いていたから、当

時の私がいかに介護から「一抜けた」つもりであったかが察せられる)。

姉はそこを一周するのを基本に、昼食を兼ね、ときに喫茶ときに買い物で「地縁づくり」につとめているようだ。平日の夜、管理組合宛の書類をマンションのポストに出しにいくと、散歩中の兄と父とに偶然会ったこともある。街灯の下、コートの男が年寄りの手を引いて前後になって歩いているなと、シルエットの二人を眺めながら近づいていくと、兄だった。仕事のあった日も、散歩を励行しているのだ。

「なんか、若い人も付き添ってらっしゃるときありますよね。介護保険で来て下さる方?」

と父の住むマンションの人。

「あ、あれは本人の孫です」

姉の子もときどき付き添いの役をする。近所の人に父は彼らを「弟です」と紹介することもあるらしい。身内で自分より年下の愛すべき存在、という関係を示す点では、合っている。

私と歩いていて、やはり同じマンションの人に、

「えらいですねえ。お子さんやお孫さんで代わる代わる」

と声をかけられることも。家族も似たような経験をしており、なにやら近所で美談になっている気配がある。

それは褒めすぎで、少なくとも私の胸の内は手放しで褒められたものではない。父との散歩は心なごむ面もあるが、がまん比べみたいな面もある。

日曜の昼、ごはんを食べた後、途中で注意がよそへ行ってしまう父を促し促し着替えを終えて、ようやっと出かける服装を整えて、玄関まで来ると、「携帯は」「お財布は」。父の確認がはじまる。自分で電話をかけたりお金を出したりすることはないのだが、それまでの習慣から、入れておきたいのだろう。

ポケットからよく落とすので、私のバッグに入れると、ポケットを探り、「携帯は」と戻ろうとする。靴を履いてからまた、「携帯は」「あります」「お財布は」「ここに」「ちょっとトイレ」「……」。

すったもんだの末、玄関のドアを閉めると、左手で杖、右手で私の手を握る。手を引かれるのが習慣になっているのだろうか。そこからは、父の安全を確保しつついかに自分が痛くなく散歩するか、の攻防となる。

足の弱っている父だが手の力は非常に強い。手を握られると、指を束ねられたようになりしだいに痺れ、血の行かない爪が白くなっていく。また、歩くほどに父は手首を上へ向けていく癖があり、私の手首にひねりが加わり、柔道の技をかけられたような状態になる。力が入らず、万一父が転んだら共倒れだ。

手を引かれてではない方が、本人の足と本人のペースで歩くことになる……というのは理屈で、自分の手が痛くない方法として、父の肘を下から支えることにした。手でつかむものがなくて、父はなんとなく不安そうである。

「これって少しイジメだろうか」

と後ろめたく思いつつ、でもやっぱり共倒れしないことがだいじと、その方法で散歩する。

見ていると、手首を上に返すのは杖を持つ左手もそうだ。父には父のバランスのとり方があるのだろう。杖の先は地面から浮いて、斜め前方の宙を指している。杖の用をなさないが、逆に言えば、杖に頼らずとも歩くことができるのだ。

家の中での父を思い出してもそうで、この頃はリビングでの自分の定位置の椅子へ、すーっと斜めに横切ってくる。最短コースを本能的に選ぶのだろうが、壁も何もつかまるもののないコースを、ふつうに歩いてこられるのは、文字どおりすごい進「歩」だ。

付き添いの体力

それにしても、散歩のときは体格の男女差をつくづく思い知る。前に夫の介護をしているご婦人どうしが、

「男の人は痩せても骨が重いから」

と言うのを小耳に挟んだが、ほんとうにそうだ。父は昔の人にしては背が高く一七四センチ、その身長に見合う骨格があり、そのぶんの重さがある。父の足どりが危なっかしくなると、肘を支えるのから腕を組むのに変え、ランデブーの二人よろしく私の体に引きつけるが、父の揺

れを止めるどころか増幅して、酔っぱらいの二人のようになってしまう。

自分の体を鍛える必要を、切実に感じる。

父の歩みは遅く、おそらく時速二キロくらいだろう。それに合わせて歩いていると、早足よりもむしろ疲れる。筋トレはゆっくりした動きの方がつらいのと同じ原理だろうか。

ときどき止まり、父の脇で片足立ちしたりヨガのポーズをとったりしてストレッチし、訝しむ父に、「ちょっと運動」と答えるのだった。

日曜のたびに会う母娘がいる。遊歩道ではすれ違う人どうし挨拶する雰囲気ができているが、この二人には声をかけがたいものがある。六十代と八十代と思われる二人で、親が片手に杖を持ち、片腕を娘に支えられているのは私たちと同じだが、この親の歩くのが非常に速い。杖を自分の前に突き立て、足元へ地面をたぐり寄せるような勢いで進んでくる。目は前を見据え口元には力が入り、意志的な表情だ。

日曜の昼を親の散歩の付き添いで費やすものどうし、「よくお会いしますね。お母様ですか？」「ええ、もう歩くのがいちばんいいと、お医者様に言われているもので、これだけは欠かさず」その先の言葉にできない思いを分かち合いたいが、あの勇猛なる親の歩きに目を伏せて黙って付き従うようすには、何も言えず。娘でなく嫁だろうか。

われわれがグラウンドを一周する間に三回すれ違ったこともある。あの速度で休むことなく旋回したら、付き添いの方が先にへばってしまわないか心配だ。

グラウンド巡りのかいあってか、むくみはしだいに改善されてきた。膝から下の後ろ側が、ふくらはぎは張りくるぶしですぼまってと、出るべきところが出て引き締まるべきところが引き締まっている。

「すごい、くびれが出来てる！」

ダイエットの成功体験のような台詞で、家族一同よろこんだ。この年からでも筋肉がつくとは。散歩の効果、絶大だ。

気のせいか、髪まで黒くなってきた。父は総白髪だが両のこめかみあたりの根本が、なんだか前より黒っぽいように思われる。鏡の前に連れていって見せると、本人もしげしげと覗き込み、ついでにおしゃれ心を起こしたのか、手ぐしで髪を撫でつけていた。一度白くなった髪は黒には戻らないというのが定説なのに、不思議だ。

地縁づくり

しかしグラウンド巡りは、父が飽きてきてしまった。同じ道をただ一周するだけでは変化に乏しいのだろう。飽きました、とは父は言わない。が、マンションを出ていつもの道を前にすると、テンションが下がるというか、どうもよろこばない。

「日曜はたしかに難しいかも」

と姉は言った。さきに書いたように姉は、散歩とお昼や買い物を兼ね、地縁づくりにつとめてる。知り合いのまったくいないところで介護をはじめるのは、姉も不安があったという。洋食屋、和風の定食屋、喫茶店A、喫茶店B、花屋と少しずつ、ご近所とのつながりを作ってきた。それは父にも楽しいようだ。

喫茶店Aは兄弟二人で営んでおり、開業して五十年というから七十代半ばは過ぎているだろう。父には、「いやあ、あの頃の日本橋は……だったやね」と父の知っているところの昔話をしてくれる。客の言葉のはしばしからどんな背景を持っているかを察知し、それに合わせた話題を振ってくる、あの才覚はすごいと言う。

「この人よ」。姉が父の携帯を開くと、デニムシャツのご主人やその弟とのツーショットがたくさん出てきた。弟さんは介護の仕事をしていたことがあるそうで、やはり年寄りの相手がうまい。どの写真も父は満面の笑顔である。並んで映った後ろの壁には「本日のランチ　七八〇円」という手書きの貼り紙も。父と十も年は変わらないだろうに、決まった時間に店を開け、ランチの仕込みまでしているとは尊敬する、励みになると姉は言う。

喫茶店Bには六十代とおぼしき品のよい女性が二人いて、喫茶店Aとはまた違う、きれいめの雰囲気だ。壁に洋食器を飾り、ピアノまで置いてある。姉によればピアノをさわらせてくれたとき、父は突然「月の光」を弾きはじめたという。鍵盤の上で、ときに両手を交差させつつ自由自在に動かして。父が「月の光」を弾くのを最後に見たのは、私が小学校に上がる前。

四十年以上前である。昔おぼえたことは忘れないというのはほんとうらしい。

「まあ、素晴らしい演奏」「こんな曲までお弾きになれるなんて」褒めそやされ、拍手となぜか花模様のマグカップまで贈られて、父はうれしそうだったと姉。女性に優しい言葉で持ち上げられるのは、いくつになっても悪い気がしないのだろう。

そうした「若返りの元」というべき喫茶店が、日曜はあいにく二軒とも休みだ。姉と父がよくお昼をとる店は、私の食養生と合わないため選択肢から外れる。

日曜の頼みは花屋である。ここは姉とよく行っていて、親切にも父にパイプ椅子を出してきてくれる。本人は大満足だが、付き添いとしてはただ休ませてもらうだけなのは気がひけて、花の一本でも買わなければと思う。

姉が買った花がまだ残っているときだと、花屋さんへ渡る信号の前で父が足を止め、

「このあたりにたしか、親切なお店があったと思うけど」

と眺めるのを、伸び上がって道の向こうを見るふりをして、

「あー、ある、ある。あるけど、残念ながら今日は閉まっているみたい」

とごまかすのだった。

若返りの元

父との散歩はがまん比べみたいな面もあると、書いた。そのもうひとつのわけは、父がいろいろなことに気をとられ、そのたびに散歩が中断するからだ。

父は何か目を引くものがあると、まじまじと見入る。父の家からグラウンドまでの間に研修センターらしきものがあり、一階の休憩室らしき部屋では窓の内側で若い人たちがよく菓子パンなどを食べているのだが、父は横目をちらと投げかけるにとどまらず、顔ごとそちらへ向けてじいっと眺めてしまうので、中の人は不快に思うのだろう。ブラインドを閉められてしまうこともある。毎回そこは通らなければいけないので肩身が狭い。

人の家の生け垣を覗き込んでいたら、ドアが開き中から険しい顔をしたおばさんが出てきて、「何ですか」と咎められたこともある。「すみません」と謝って、父の腕を引っ張りその場を離れる。興味のままに行動し、その行動が他人からどう見えるかといった気づかいはないようだ。

父は特に赤ちゃんと犬に関心を示すことがわかった。

突然足が止まり一点を見つめていると思うと、視線の先には必ずと言っていいほど赤ちゃんか犬がいる。乳母車に乗っていようが親に抱っこされていようが、構わず、

「かっわいいいいねえ」

親たちにも聞こえる声である。おむつでお尻をふくらませた子がよちよち歩きをしていようものなら、「おっとっと、おっとっと」と子どもたちと毬つきをする良寛様のように、口で拍子をとる。

子どもを取り巻く事件の多い今、若い親たちの中には気味悪がる人もいて、

「あんまり見たら失礼よ。すみません」

とやはり謝り、父を急かすのだった。姉に代わって父を散歩に連れていくことのある姉の息子たちもよく、

「ちょうど、そろそろ帰ろうかって感じになったとき赤ちゃんがいちゃってさあ」

父の携帯を姉が操作すると、犬や犬の飼い主と撮った写真がぞろぞろ出てきた。

子ども好きなのは薄々感づいていたが、犬がこんなに好きとは知らなかった。わが家で飼っていたことはなく、父が昔頃飼っていたとも聞かない。猫ではなく、あくまでも犬。こういう傾向はいつどのようにして作られるのか不思議だ。

こちらもリードをつけていようが、飼い主に抱っこされていようがお構いなし。

「かっわいいいいねえ」

と声に出して見入る。前脚で父によじ上ってきたり、尻尾を振って飛びついてきたりすると父は「おっとっと、おっとっと」。うれしそうにのけ反って、もんどり打ってしまいそうになる。これもたしかに若返りの元らしい。

近所で犬を連れているのは高齢の人が多く、「犬お好きなんですね。飼っていらっしゃるんですか」と父に話しかけてくる。これだけ犬と遊んでおいて「いいえ」と言うのも変だから、「はい」とか「ついこの前まで」とか、その場しのぎで私が答える。「おいくつ?」「まあ、おかわいそうに。何歳で?」とかと聞かれ、犬の平均寿命も知らない私は「何歳だったたっけ、ねえ?」と父に振るなどして、しどろもどろの対応でその場を離れる。

何かと冷や汗をかくシーンが、父との散歩では多いのだった。

切り上げる算段

私には個人的に、五時までに散歩を切り上げたい事情があった。父をまだちょっとはひとりで家に置いておけた頃、一時間ほど抜け出しジムに通っていたのだ。

平日仕事の私には、週末は運動不足を解消する貴重な時間となっていた。その習慣を、介護がはじまってもなんとか継続しようとした。そのためにウェアとシューズはいつも父の家に持ってきていた。

抜け出すための算段も、ふだんからしておいた。父を近所に呼び寄せた利点で、私が前から行っているジムは、父の家のすぐそば。リビングの窓から見えるところにある。暇さえあれば

リビングの窓越しに父に指し示し、

「青いガラスがあるじゃない。あそこは私の行くお風呂なの」

と言う。「青」とはジムの一角のお風呂の窓ガラスだけ、外から見えないよう青く塗ってあるのだ。「お風呂」とは、ジムとかスポーツクラブといった耳慣れないものより、父が覚えやすいかと。

「いないときは、あそこにいるからね。すぐに戻ってくるからね」

この「青」×「お風呂」の組み合わせは効を奏したらしい。あるときリビングにいて父はふいに私を振り向き、

「あの青のガラスはお風呂でしょう。男はないの？」

と聞いた。

「残念、あるけど、私が付き添っては入れないのよ」

ことさら残念な表情を作って答えたが、父は満足そうだった。さきほどの問いは行きたいという訴えではなく、「あの青のガラスはお風呂だってことを知っているよ、どうだい！」と得意がっているように思われた。父が覚えてくれたらしいこと、そして連れていかなくても納得しそうなことに、私は安堵したのである。

そのジムに行くために、遅くとも五時には散歩から帰ってきたい。マシンの使用は、日曜は六時半まで。五時半には家を出たいが、散歩から帰ってきてひと休みする父をベッドに寝かし

つけるかソファでテレビを観ながらうたた寝をする体勢まで整えるのに、どんなに頑張っても三十分はかかる。

　赤ちゃんと犬を見ると動かなくなってしまう父を、なんだかんだ言って引き離し、マンションのエントランスの自動ドアやエレベーターに首を傾げる父を急きたて、玄関では運よく家にいた姉の息子もかり出し靴を脱がせ、ようやっとソファに座らせ、さあ、父の目を引きつけておける大相撲でも観ましょうかねとリモコンに手を伸ばした瞬間、

「そろそろ行きますか」

　と父。

　私はどきっとした。ジムへ行こうと焦っているのを見透かされたかと思った。「どこへ?」訊ねると、

「お散歩」

　かたわらで姉の息子が目を丸くした。思わず顔を見合わせそうになるのをこらえた。

　ああ、認知症は、今さっきした食事の内容を忘れるのではなく食事をしたことそのものを忘れるというけれど、これがそれかと、別の意味でどっきりしつつ、頭の中で翻訳する。

　父はつまり、まだ歩き足りないのでは。それもそのはず、その日は父の起床からはじまり全体が遅れ遅れで、散歩ではまだ父がそれほど疲れていなさそうだったのに、私が自分の都合で端折ってしまったのである。

ごまかしはきかないなと苦笑して、再び散歩に出直した。

生命力を浴びる

グラウンドはもっとも近い散歩先で、少し遠いところでは、井の頭公園がある。そこへ「行けた」とはじめて姉から聞いたとき、私は驚いた。父の家のそばから公園の入口の道路を挟んで向かい側まではコミュニティバスが通っているが、その先は自力だ。公園で「木に抱きついていた」と聞き、さらに驚いた。人が巨樹から自然の生命力を受け取るシーンが映画などによくあるが、知らずのうちにそうしたシーンを刷り込まれていた姉が、父が単によろけて木につかまるか何かしたのを、脚色しているのでは。が、半信半疑で連れていき、嘘ではないとわかった。

バスを降り、道路の向かいに緑の塊を目にしたときから、もう違う。よそでは一回の青信号で渡りきれるか危ぶまれる父が、吸い寄せられるように歩き出し、公園の土の地面ではさらにたしかな足運びとなる。そして、ある巨樹の前に来ると、ほんとうに両手を広げ幹に胸と腹をつけた。かつて私の見たことのないふるまいだ。父の頬に赤みがさし、細胞のひとつひとつがソーダ水の泡のように軽やかな音を立ててはじけ出す錯覚に、私はとらわれた。

父はまた、以前の父ならあり得なかったアニミズム的なことも言う。どこそこに「自分のかわいがっている木がある」。それは父の胸の高さくらいの小さめの槙の木だ。似たような背格好の木はあまたあるのに、公園に行くたび決まって同じ木を指す。

合理主義者の私の理解を超えた世界だが、木々にはひとつひとつ精霊みたいなものがいて、父と交感するのだろうか。

公園はまた犬と赤ちゃんが多い。父の携帯に写真の入っている犬の現物に、そこで私はたくさん会った。

プードルを連れたおばあさんが、旧知の友のように父に話しかける。別のおじいさんは毛がふさふさで脚の細い大型犬がじまんで、華奢な体つきに似合わず猟犬だそうだ。ボルゾイというロシア原産の犬種で、古くはツァー（皇帝）が狼狩りに使い……と毎回語るので私まで覚えてしまったくらいだが、父がそのつど、「はあ、そうですか！」といちいち感心し、はじめて聞くような相づちを打つので、私は気が引けていた。

が、あるとき気づいた。相手のおじいさんは父を覚えていない。父は犬の来歴は覚えていないが、よく会う犬、よく会うおじいさんであることは覚えていて、懐かしそうな顔で近づいていくと、先方は「どなたさんでしたかな？」。そして、自分の犬について一から語りはじめる。

狼にもひるまない勇敢さを持ちながら人間に忠実であるというのも、犬種の説明の中に入っていて、それの実演として父にドッグフードを持たせ「よし！　と言って下さい」。許しを得てはじめて食べるからと。父が「よしよし」とあやす方の声を出してしまい「ああ、二回言ったからだめなんだ、一回にして下さい」とやり直しをさせられ、ようやくおじいさんの満足する結果が出て終わる、という流れも同じである。

双方ともいい感じに記憶が抜け落ちているので、お互いに新鮮であり、楽しいらしい。

家族に話すと、全員がそのおじいさんを知っていた。

動物が好きならと、公園とは道路を渡った反対側の動物園に連れていった。途中で疲れてしまうかもと、入口で車椅子を借り、たたんだまま片手で押して、片手で父の腕をとって歩いた。

その動物園、井の頭自然文化園と言うのだが、国内で飼育されているゾウで最高齢のはな子が有名だ。父がまだ引っ越してくる前、姉と姉の息子たちと見にいったゾウである。

長く生きている者どうし何か交感があるかと、まっ先にそこへ連れていったが、父は特に興味を示さなかった。

もっとも興味を示したのはリスで、大きなケージにリスが放し飼いされている中を通り抜けできるところがあるのだが、目の前を小さな動物が縦横に駆け回り、父の細胞にここでもまたソーダ水の泡が起きているようだった。いつの間にか杖も私の手も放して歩いていた。車椅子はまったく使わなかった。父に老いの兆しはじめた頃、

「幼子が日なたでしゃがんで水たまりをさわって遊んでいると、それだけでもう神々しいようだ」

と言っていたのを思い出す。生命力溢れるものに囲まれるとき、世界は金色に輝いているの

だろうか。

公園に行った日は、たとえ公園に行ったことは忘れてしまっていても、表情や頬の色つやに生命力を浴びた痕跡のようなものが、一日じゅう残るのだった。

おぶって走れない

一方で井の頭公園へ行くのは賭けでもある。公園には出口が数カ所しかない。入ったら、次の入口までは何がなんでも歩き通さないと。井の頭公園は大きく言えば窪地にあって周囲より低くなっており、父の家から行くときの入口も、次の出口も階段である。タクシーを呼ぶことはできない。次の出口まで歩けて、階段を上る力もとっておかなくては。

今の父の特徴は、先々を予想し逆算した行動をしないことである。次の出口までは後どのくらいあり、今の疲れ方だと歩き通せないだろうから、ここらで元の入口へ引き返した方がいいといった考え方はしない。父の歩きぶりから、こちらが判断する他ない。

日が暮れると公園はかなり暗い。いちど秋のはじめに思ったより早く翳りはじめ、木の根や石につまずきそうになり、生きた心地がしなかった。時間の観念のない父は、日没が迫ろうが何しようが興味をおぼえたものの前で立ち止まりじっくりと眺めるが、こちらはすぐ後ろまで闇が追いかけてきているようで、気が気でない。

天候の急変もおそろしい。公園で雨に降られたら、長時間びしょ濡れで歩くことになる。その他にも熱中症の危険、風邪を引く危険、水を飲ませるタイミングは、どれくらい着ていけばいいかなど、判断の全責任を私が負う。

子育てをした人はみんなこれをしていたのかと、今さらながら舌を巻く思いだった。おおげさに言えば人の命を預かる重さだ。

子どもと親との違いは、いざというときおぶって走れないことである。

車椅子か杖か

散歩の足腰への効果は、たしかにあった。家の中でも転んでいた人が、井の頭公園を次の出口まで五十分歩き通せるようにはなった。

が、しだいに難しくなっていった。足腰よりももっと全身的な衰えのためだ。

グラウンド一周はもたず、四分の一ほどで引き返す。それでも息が上がり私にほとんど寄りかかり、共倒れしそうになる。マンションの玄関は目と鼻の先なのに、その十メートルが歩けず、道の脇の低い塀に崩れるように腰かける。

車が通りかかって、「送りましょうか」と親切に申し出てくれるが、たぶん乗り降りの方がより体力を消耗しそうだ。「ありがとうございます。もう少し休んでいきます」と断り、回復を待って最後の十メートルに挑む。

ある週末に行くと、玄関前に車椅子があった。姉がケアマネージャーさんと相談し貸し出してもらったそうだ。介護保険の中でできるという。これは助かる！　通院など、歩けようが歩けまいが行かなければならないときがあるのだ。

車椅子の登場で、散歩の範囲は逆に広くなった。玉川上水や市役所辺りの桜の名所。階段のある井の頭公園は無理だと思っていたら、姉の息子が、

「あ、この前行ったよ」

とふつうに言うので驚いた。

「階段はどうしたの」

と聞くと、車椅子を後ろ向きに下ろしたり押し上げたりしたらなんとかなったと言う。さすが男子は力が違う。

近くに引っ越してきてもらいながら父の足では無理だとわかって行き来を諦めていた私の家へも、来ることができた。建物の前に来ると、父は大きく息を吸い「懐かしいねえ」と言った。家の中を回る間も、記憶を呼び起こしつなぎ合わせようとしているらしく、

「お母さんもこの家に住んでいたときの、お母さんの使っていた部屋はどこ？」

とめずらしく長い文章を、真剣な顔で喋った。父はこの家に住んだことはなく母と何度か訪ねてきただけだが、その記憶となんとか整合性をとろうとしているようだ。父がこの家に違和

感を示さず、落ち着いてソファに座って美術書など眺めているようすに私は安心し、それをいいことに日曜は散歩ついでにうちへ戻って、洗濯物を干したり掃除機をかけたり、やりかけの家事をすることもできた。

あるとき姉が鋭いことを言った。姉も車椅子が来てから、前に二人でよく行っていた花屋や喫茶店や、父の顔見知りの八百屋のある商店街などへ再び連れていっているらしいが、

「それって自己満足かな。本人のためになっているかなって」

そうなのだ、車椅子だと途中で行き倒れにならず必ず帰れる安心があり、父を楽しませている満足もあり、父のペースに合わせ父を支えて歩くより楽でもあるが、散歩のそもそもの目的である運動にはなっていないのだ。刺激をいろいろ受けて活性化する方がいいか、足腰そのものを鍛えるのがいいか、悩むところだ。

折衷案として、往復は車椅子、行った先で杖で歩くようにする。

やがてそれも間遠になる。便の状況から長時間の外出が難しくなったのと、暑さ寒さや風邪の菌に弱くなり、散歩に適した条件がほんとうに限られてしまったのだ。

父の携帯に入っている井の頭公園の写真を、家族で眺めては、

「よく行くことができていたよね。最後の階段も自分で上って、しかもバスで帰ってきてたんだよ」

「ついこの前のことなのに」

「信じられない」

と語り合った。

4章

家でできるレクリエーション

音楽鑑賞、読書

平日の夜十時過ぎ、仕事先でもらった菓子折を届けに、駅から父の家に寄った。集合玄関の鍵を開けて入り、ドアの前まで行ってブザーを押したが、返答はない。ドアを開けると、クラシックの曲が聞こえる。

間取りの説明が遅れたが、ドアを開けると短い中廊下があって、右側に四畳半の部屋、その並びにトイレ、左側に浴室、洗面があり、突き当たり正面がリビングへのドアだ。そのドアを開けると、左が四畳余りの台所、カウンターを挟んで十七畳のリビング、リビングに入ってすぐを右に進んで右奥が六畳ほどの父の寝室となっている。

玄関の靴を脱ぐところに立った私の前で、リビングへのドアが少し開いて、その隙間からクラシック音楽が流れてきている。話し声はしないが、兄と父の靴はある。

仕事から帰って父と二人の食事も終わり、ひととき音楽鑑賞をしているわけか。父が兄の家にいた頃もよくクラシックの曲がかかっていた。二人の「名曲の時間」をじゃませぬよう、下駄箱の上に菓子折を置いて去る。

後で聞くと兄は、父といるときなるべく音楽をかけるようにしている、それもベートーベンとかマーラーとか激しかったり神経質っぽかったりする曲は避け、モーツァルトやショパンのような心地よい刺激のものを選ぶという。

「モーツァルトは胎教にもいいって言うし」

シロウトながら脳への影響を考えているのだ。

家でできるレクリエーションには知恵を絞った。起きている時間のほとんどは、座りっぱなしだ。することなくただぼうっとしているのは気の毒だし、こちらもプレッシャーを感じる。放りっぱなしではいけないのでは、相手をしないといけないのではと、家事に集中できない。

そして何かするならば、脳の活性化につながる方がいい。

本を読む習慣はある人なので、本棚をさし「あの本を取って頂戴」という能動性をときどき示す。が、同じ本ばかりなのがしだいに気になってきた。

ベランダに洗濯物を干したり取り入れたりしに行くついでに後ろから覗くと、ずっと同じページだ。書見の姿勢をとってはいるが、めくっているようすがない。

日記をつける

「日記はどうだろう」

姉と私のどちらからともなく言い出した。

画家の城戸真亜子さんがお義母さんを介護するのに絵日記をつけていて、それがよかったら

しいという話をすると、姉も、

「あ、その話、聞いたことある、ある」

父にもめくりやすい小型のリングノートを、百円ショップで姉がみつけて買ってきた。上半分にその日の昼食、下半分にその日あったことを書く。夕食と内容が重ならないためのメモも兼ねている。

これがなかなかいい思いつきで、週末に行くと私は一週間分を読むのが楽しみとなった。店の名や食べたものは、姉が代わりに書いていることもある。挿し絵を描いたり、父の字の文の後に、「よかったね」とまるで学校の連絡帳のように、コメントを入れたりしている。

姉の息子もリビングに来るとなんとなくノートを手にとり、ときおりけらけら笑い出す。

「何受けてるの？」

と聞くと、姉が自分たちのことを描いたであろう絵を指して、

「美化しすぎ」

たしかに散歩している二人が上田三根子さんのイラストのような、ボーイとガールだ。

私と井の頭公園の動物園に行った日の父の文は、

「地上を素早く走る小動物有り。その名を知らず」

「これ、リスのことでしょ」

と姉の息子。リスを放し飼いしている広いケージを通り抜けられるしかけがあり、そこがい

ちばん父には印象的だったらしい。その内容と文語調とのギャップが受けていた。

戦前の学校教育も受けている父は、書き言葉となるとやや文語調で、漢字も「気」は中が「米」の「氣」など旧字体になる。昔おぼえたことの方が残るとは、ほんとうらしい。

床屋についても印象的だったらしく、最初の二回くらいは、

「散髪に行く。この床屋、大変巧い」

「床屋。上手。且つ親切」

と書いている。が、そうした感想めいたものはしだいに減り、書く量もどんどん少なくなっていった。

その日の出来事を思い出して字を書くのは、よい刺激になると思うから、父の前にノートを開いて促す。

「日記を書きましょう」

「何を書くの？」

「今日あったこと。花屋に行ったよね」

「そうね」

「椅子を出してくれて、すごい親切だったよね」

「そうだったっけね」

「じゃあ、書きましょう」

「何て書くの?」

「花屋って」

「花屋って、書けばいいの?」

素直な人なので、鉛筆を握り言われたとおりに動かす。父の日記というより、私の言うことの書き取り帳のようになっている。

一週間ぶんを読み返して気づいた。ある日が「咸」の字で終わっている。前との続き具合からして「感じた」の「感」の上半分だけ書き、下の「心」をつけるのを忘れたのだ。「感」という字を忘れたのではなく、字を書いていることそのものを途中で忘れたのだろう。

私も例えば洗濯物を取りにいきかけ、別のことに気をとられ「えっと、何をしに来たんだっけ」となることはよくある。父の場合、その記憶の保てる期間がもっと短くなっているようだ。字を書くのもたいへんになってきたのか、日記には姉の字が増えた。全編姉の字の日もある。

私も同様だ。「花屋に行ったよね」「親切だったよね」。ノートを前にしてのやりとりは同じだが、私の字で「花屋に行った。親切だった。よかったね」。自分で宿題をし自分で丸付けしているみたいになってきた。

脳トレ、塗り絵、折り紙

座って何かできること。書店や雑貨屋でいろいろ探す。

今日が何月何日といった「見当識」を持ってもらおうと、日めくりは置いておいたが、これはひと月で諦めた。週末に行っては私が七日ぶんをまとめて引きちぎることばかりで、父には習慣づかないとわかった。

リビングの壁には、勉強部屋よろしく世界地図を貼っていた。

書店に脳トレの本はあるが、これを置いておくのはどうも押しつけがましく、私の方で抵抗がある。かといって幼児用のドリルはひらがなばかりで、いかにも子ども扱いだ。旧字体、文語調の人なのだから。

百人一首のなぞり書き、大人の塗り絵、いずれも数ページで終わった。迷路や点つなぎ（紙に点が書いてあり、点にふってある数字の順に線を引いていくとなんらかの画像になるというもの）の遊びのシートも同様だ。クレヨンのべたべたが嫌なのかと色鉛筆に変えてみたり、色鉛筆では硬すぎるかと中間的なクレパスにしてみたり。

食べ物の好みと同じで、本人が手をつける気になるものがわかるまで、あれこれ持ってきてみる他ない。

「折り紙はどうだろう」

と考えた。父は手先が器用で、目もいい。昔の話ではなく今もそうだと発見したのは、にんじんの件で。

にんじんを歯ぐきでつぶせるやわらかさに蒸したのを、週末によく持っていく。歯のない父が緑黄色野菜をとるには、ほうれん草を裏ごしするよりそれがいちばん簡単だ。圧力鍋だと早いが、父の家には圧力鍋はないので、私の家で作っていく。一センチもない輪切りにして圧力鍋に入れればすぐだ。

日曜のお昼にそれを出し、父が食べ終わった皿を洗う前にふと見ると、幅一センチ足らずの茶色っぽい半透明の紐のようなものが縦に何本も並んでいる。ソーセージの皮よりも薄そうで細いものが、ちぎれそうになりながらも十センチほどの長さまで連なって、白い皿に縦の縞模様をなしている。

何だろうと目を近づけてわかった。にんじんの皮だ。無農薬野菜を食べている私は、調理のとき皮をむかないのが常。父はそういう習慣はないから、にんじんといえば皮をむくものと思っているのだろう。

「こんな薄い皮、よく見えたね。そしてまた、よく剥けたね」

と驚くと、父はうれしそうにした。細かな作業が父はできる。しかも剥いたものをごみのように片寄せてしまうのでなく、真っ直ぐにして等間隔に並べておくあたり「美的に整えたい」

という欲求（?）があるのだ。折り紙なんてうってつけ！

書店に行き、父の好きそうな動物の作品が多い折り紙の本を買ってきた。折り紙とともに父の家に置いておき、ある日寄るとたくさんの作品ができている。父と姉の息子がいたのだが、水色の折り紙で犬ができ、黒い目と鼻までサインペンで描き入れ、「おじいちゃん作」と書いた台紙をつけて、ローテーブルに立ててある。周りには他にも精巧な折り紙細工が色とりどりに。いずれも折り目は定規をあてたように真っ直ぐで、二枚重ねたところなど一枚と見まがうほどの正確さだ。心の中で私はガッツポーズする。父の好みと潜在能力とにヒットするものをついにみつけた！

「すごい」

拍手すると姉の息子が、

「あー、そのへんのは俺が折った。おじいちゃんのは、その飾ってあるやつ」

父の隣に座って見本を示しいっしょに折っていけるようにしたが、四つ折りするあたりから関心が離れてしまうという。

「この本ほとんど、創作折り紙なんだよ。帆掛け船とか三宝みたいな昔からある、おじいちゃんの知っていそうなやつが少ないんだよ」

姉の息子に指摘された。よくよく読めば、たしかにそう。そして動物も、切り込みを入れたり顔や尻尾を描いたりして補わないとそれらしく見えないのが多く、折り紙の伝統からは少々外れているのだった。

同じ手先の器用さと美的欲求にヒットするかと、積み木のブロックも持っていったが、これはまったく関心を示さなかった。関心がないとなったら徹底的になく、父の座っている目の前に置いても、視界にまったくなきがごとくにふるまうのだ。

声を出して歌う

姉は歌の本を持ってきた。折り紙の失敗に学んで、今度の本は父の知っているものが多い昔の唱歌集だ。

これはかなりヒットした。

「あーしーたー、はーまあべーを、さまあよーえーば」。姉が歌いはじめると、父も口を大きくまるく開けて、体で拍子をとって伴唱している。父によさそうだから週末もなるべく実行するよう、姉に言われた。

日曜ごとの「唱歌の時間」がはじまった。姉はコーラスの慰問にいくこともあり、発声の基礎ができているように思う。自分で声を出してみると、よくわかる。二十代に付き合いでカラオケに行ったきり、歌うということを何十年もしていない私は、すぐ喉が痛くなる。「はこねのやまはてんかのけん」などは、息を継げないし音程も忙しく上下するしで、とても苦しい。

喉で絞り出すのではなく、腹筋を使わないと。それには座ったままではだめである。父の脇に立って歌うようにした。

はじめのうち父は姉としていたのと同じように、声を合わせていた。しだいに口の中で唸るだけに。やがて私の独唱会となっていった。父の脇に立ち、腹筋のみならず顔の表情筋までめいっぱい動かし、伸び上がるように声を出していて、気がつけば父が無関心だと虚しいが、自分のアンチエイジングにはなっているだろうからよしと思おう。

後に高齢者医療の先生と対談の機会があったとき、脳トレも話題になった。本人が楽しんでいるならいいが無理強いはよくないそうだ。認知症の進行をくい止めるのに効果があるとする科学的なエビデンスはないとも聞いた。

何かの記事では、認知症だと視野が狭くなるので、話しかけるときは、顔の正面、視野のどまん中に入って、近くから見つめるのがいいと読んだ。ほんとうか？　と次に行ったときにそうしてみると、父の目がみるみる輝いた。

座っている父の両手をとって、表現は悪いが幼稚園での組みになってのお遊戯のように左右に揺らすと、満面に笑みが広がる。

「へえ、こんなことがそんなに面白いんだ」

と驚き、ますます調子づいて踊るようにステップを踏むと、父はもう顔をくしゃくしゃにし耳まで紅潮させてよろこんでいる。

脳の血流はそういうことで端的によくなるのかもしれない。

5章

トイレとテレビ

就寝後間もなく、いつも

トイレとテレビ。「なぜにこの組み合わせ?」と奇異に感じられるかもしれない。トイレについてはずいぶん試行錯誤した。それは私にはテレビの問題と結びついている。同時に、介護でよく「親の変化へのとまどい」「親の変化を受け入れられない葛藤」と言われるものとも結びついていたのではと、後になって思うのだ。介護の初期に行き当たっていたという時期からして。

週末泊まるようになって気づいたこと。父は就寝して三十分くらいでトイレに起き出す。毎回判で捺したように。

二十三時頃父を寝室へ誘導しパジャマへの着替えを手伝って、ベッドに入り寝息を立てはじめるのを見届けてから、別の部屋へ入る。

もうひとつの寝室は、前にも間取りを書いたように、リビングの外のトイレの並び。父の部屋からはドアを開けてリビングへ出て、壁づたいに左へ進み再びドアを開けると中廊下、中廊下に出てすぐの左側がトイレのドア、そのすぐ先が私の寝る部屋のドア、突き当たりが玄関ドアだ。

この家に泊まって最初の夜、こちらの部屋へ引き取って、

「さあ、明日の朝までは自分の時間。体を休めつつ、読みかけで持ってきた仕事の資料でも読むか」

床に敷いた布団の上で手足を伸ばした。

すると、三十分するかしないかのうちに聞こえてきた。すう、すう、すう。衣擦れに似た、それより少し大きい音。細い細い糸鋸で誰かが白木の板を挽いているような。

怪談ではない。父の足が床を擦る音だ。いまさっき寝たはずの父がリビングを歩いてくる。徘徊という言葉が頭に浮かんだ。高齢者で夜中に徘徊する人も多いと聞く。まさか玄関を出ていこうとしている？　耳を澄ませる。

リビングのドアが開いた。中廊下を数歩来て、またすぐドアが。トイレへ来たのだ。

私は布団を抜け出して、トイレのドアの前に立つ。やがてするフラッシュ音。

土曜の夜のパターンとなった。

寝る前にトイレへ行く習慣を、私は父につけようとした。が、諸事万事に素直な父がこのことにはなぜか頑なだ。

「トイレへ行きましょう」

手をとっても体をそちらへ向けない。

「行かない」

「また後で起きて来るのはたいへんだから、行っておきましょう」

「行きたくない。行っても出ない」
近所でも癒し系のおじいさんで通っている穏やかな父にしてはめずらしく、きっぱりと拒絶する。

感情は鏡のように

追々わかるが、介護される側には、介護の意図は伝わらなくても、介護する側のちょっとした心の動きや機微みたいなものは、こわいくらいよく伝わる。のちに読んだ介護の本に、感情は鏡のように映るとあって、ほんとうにそうだと思った。読みようによってはまるで「さとりの化け物」のようだが、「口に出してもいないのに、なぜわかったのか」と驚くことが多いのだ。

たぶんトイレも私が無理強いしている感じが、反発を誘うのだろう。私の心の中の苛立ちが、そのまま父の苛立ちとして私にはね返るのかもしれない。

その「出ない」と言い切った人が、三十分しないうちにトイレへ来る。内心舌打ちをしたい思いで、布団をはねのける。内心であっても親に舌打ちするのはよくないと思うが、私の気持ちは「だから言ったのに」。必ずこうなるとわかっているから、前もって行きましょうとあれほど促したのに。

転倒したら一大事なので放ってはおけない。用がすむまでトイレのドアの前で待っていてから、父の手を洗い、寝室へ戻るのに付き添い、ベッドに入り寝息を立てはじめるのを見届けてから、布団へ戻る。

同じことが夜中の二時頃また起きる。

父の手を洗い、というのは説明が要るかもしれない。週末をともに過ごすようになり私は、父がトイレの後手を洗う習慣がないことを知った。昔からそうなのか、それとも最近になってその習慣が脱落したのか。あるいは男性一般がそうなのか。

しかし私からすると、「男性は女性と違って、小だけのときも手を使うでしょうに」と考えてしまうのだ。介護では、散歩のみならず家の中で立つ、座る、着替えでシャツの袖を通すといったさまざまな場面でよく父の手をとる。そのとき、「そういえばこの手はトイレで……」と瞬間的によぎってしまう。自分の神経質を言うようで、また親を汚がるかのような心の態度もどうかと思うが、そのことからトイレの後は父に、タンクの上部から落ちる水の下へ手を突き出してもらう。

そのときはね散る水を拭くのも、父の寝室から戻った後のプロセスである。床には、少々の尿も必ずこぼれている。それらを拭いて自分の手も洗い、布団へもぐり込む。

音や気配に敏感になった。私はもともと聴力が、不必要にいい。健康診断の聴力テストでも、聞こえたらボタンを押すように言われ、ほどなく遠くから蚊のなくような音がしてきて

「これって機械の通電音？　この音でも押していいのかしら」と迷いつつ押すと、係の人に「えっ」と驚かれる。

中廊下に出る前のリビングの床をする音でもう気づく。朦朧としたままトイレの前で待っていても、トイレのフラッシュ音で完全に目がさめる。

手を洗う話同様、またも細かなことで気が引けるが、フラッシュには大用と小用があり、前者はレバーを上に引き後者は押し下げる。父は使い分けをせず、いつでも大用を流す。たぶん区別を知らないのと、引く方がやりやすいのだろう。夜中のトイレは小なのだからせめて小用を流してくれれば耳への衝撃が少なくてすむのだが、期待する方が無理というべきだろう。

散歩が効を奏してか足の筋肉がだいぶつき、家の中で転倒しないとわかってからは、くたびれ果てて布団にもぐり込んだ後など、すう、すうと聞こえてこようがフラッシュ音がしようが、「もういい」と布団をかぶり直してしまうこともあった。「私は何度も行きましょうと言った。行かないと言い張ったのは本人。床掃除だって明日の朝すればいい」。意地になってふて寝を決め込む。

が、知らんぷりしてもいられない。テレビのためだ。

夜中の大音声

転倒の気配もなく、すう、すう、が遠ざかり、ほっとして眠りにつこうとしたとき、リビングから突然響く大音声《おんじょう》。何ごと!?

飛び起きていくと父がリビングのソファに座っていて、画面の目盛りは二十八。私なら六、父も昼間はせいぜい十四のところを倍だ。たぶんご近所にも鳴り渡っている。

急いで消し、父の正面にしゃがみ込んで手をとり、

「今は夜中なの、皆さん寝てるから、もう寝ましょう」

ことさらに声を低め静かな雰囲気を演出したが、額には焦りの汗がにじんでいただろう。楽しようと付き添うのをサボると、父はまっすぐ寝室まで帰らず途中で寄り道してしまうのだ。

寝室へ連れていきベッドに入り寝息を立てはじめるのを見届けてから……同じ文章を何回も書いているが、そうして私の部屋に戻りしばらく聞き耳を立てていたところ、リビングに来る気配はない。ようやく眠りに落ち……ようとしたところで再びテレビの大音声。今度はリビングではない、頭の上の壁越しだ。父と私の部屋は動線にするとリビングを通過し家の中を半周するかたちだが、位置関係としては壁をはさんで接している。

父の部屋へ行くと、そちらのテレビがついている。ベッドの向かい側、私の寝る部屋との境の壁際に小型のテレビが置いてあるのだ。

ついている番組を見て、力を失った。テレビショッピング、しかも父が絶対に興味のあるはずのない二重瞼をつくる美容液の宣伝を、四十代とおぼしき女性がかけ合い漫才のような調子で繰り広げている。

見たくて見ているのではない。音がして何かが動いている方が安心なのだろう。

しかしこちらは不眠症になる。狭い集合住宅、ご近所にもはばかられる。

「今は夜中なの、皆さん寝てるから、もう寝ましょう」

さきほどと同じセリフに懇願の調子が交じる。

消しては起こされ、消しては起こされ、ひと晩に何往復もする。本人が深く寝入ったのを見届けてから消し、リモコンを手の中から引き抜こうとすると、岩に咬まれた木の根のようにがしっと嵌《はま》り動かない。本能的に手放そうとしないのだ。歯ぎしりがそうであるように眠っている間はふだん以上の力が出る。指を一本一本はがそうとしたが、爪が白くなるほど強く握り締めるありさまで、

「そうまでテレビをつけていたい!?」

と驚いた。

夜中はコンセントを外すことにした。トイレからベッドまで付き添って戻ると、案の定父は

すぐにリモコンを取り、

「どうしたんだろう。映らない」

不思議そうに呟く。

「そうなの。壊れたみたいなの。このまま寝ましょう」

とごまかす。リビングのテレビも抜いておいた。

次の週行ってみると、なんとコンセントをガムテープで固定してある。

「あー、それ、抜かないでってお兄さんが」

その日いた姉が言う。兄は父の好きな「笑点」やその再放送を留守中に予約録画しているが、コンセントを抜くと現在時刻の設定から何から全てやり直さないといけなくなるらしい。この前は、父がよろこぶから見せようと再生しようとしたら、録画されていなかったそうだ。

「えー、だって夜中に……」

と言いかけたが、考えてみれば私は土曜の一泊だけ。平日泊まっているのは主に兄である。

すると彼は夜ごとのトイレに付き合い、テレビの視聴も付き合うのか。毎朝決まった時間に出勤するのに、すごい。あるいは私以外のときは、父は安心しテレビをつけずにすんでいるのだろうか。兄も姉も父のようすがわかりやすいリビングで寝ていると言う。それもすごい。私は自分の眠りを破られたくないのに、きょうだいはいつでも起きられるようにしている。父のこと優先の姿勢には頭が下がる。

とまどいと葛藤と

育児の話でよく、テレビにお守りをさせるなと言われる。今はスマホで論議になるが、そのひと昔前のバージョンだ。

夜中のテレビに悩まされて私は「そもそもテレビを見る癖がついているってどうなの」と思っていた。が、そうなるのもわかるのだ。

キッチンはカウンターを挟んでリビングとひと続きだが、台所仕事ではどうしても父に背中を向ける。そのちょっと目を離した隙に、父が急に立ち上がるなどの予期せぬ動作をし怪我でもしたらたいへんだ。

そうした介護に家事にと忙しい家族を助けてくれるのが、テレビである。テレビに注意を引きつけられていれば、とりあえず椅子やソファにじっと座っていてくれる。事故防止と家事遂行の上で役立つのだ。

その恩恵は感じながらも、テレビに対し私は愛憎半ばした。テレホンショッピングのおおげさな抑揚をつけての絶え間ないしゃべりは、敵視するようになってしまった。

夜中に父がテレビをつけていたときの愕然たる思い。昔はこうしたしゃべり方を父は品がないとしてたいへん嫌い、テレビにそういう人が出ると批判していた、それはどうなるという混乱と反発心。

　ひと頃の私はテレビノイローゼだった。後になってみればそれがすなわち「親の変化へのとまどい」「親の変化を受け入れられない葛藤」なのだろうが、当時の私は気づかなかった。そうした心の状態に介護する子が陥ると、ものの本では読んでいたが、自分に起きている「これがそのこと」とはわからずに、ただ「私はテレビが苦手」なのだと思っていた。自分の家ではつける習慣がないし、ひとりで静かに暮らしているし、聴力検査の示すとおり音に弱いしと。

　またも神経質で心の狭い話となるが、土曜に父の家のドアを開け、家族がわんわん話していてその上テレビの音もすると、私は眉間に皺が寄った。幸せな団らん風景のはずなのに、この音の状況に私は耐えられるだろうかと、眦《まなじり》を決するような心持ちになってしまうのだ。平静をよそおって、リビングに進んでいき、

「テレビ、誰か見てる？」

「消していい？」

　家族にしたら、すごく感じが悪かったと思う。

　自分の趣味の押しつけで、いよいよ感じが悪いのだが、自然番組や紀行番組、伝統文化を紹介する教養番組ならまだいいのである。私の中に父に合っていると思う番組の基準みたいなものがあって、例えば歌謡曲の番組なんて絶対見ていないだろうと消すと、

「あー、今お父さんが、この歌手は若いのに礼儀正しいって褒めていたところ」

と姉が言う。父の日記を後で見たらなるほど、「礼儀正しい青年。歌も上手い。名をジェロ」と書いていた。ジェロとは日本語の演歌をうたうアフリカ系アメリカ人シンガーで、紅白歌合戦にも出たそうだ。

知ることで和らぐ

テレビについてやいのやいの言うのが自分でも嫌になり、私は一計を案じた。耳栓である。耳の中にはめ込んで使う、小さなスポンジ状のもの。私の耳に入る音量は下げられ、しかし完全には遮断されないのがちょうどいい。

テレビの問題はそんなふうな中間的な解決を図ったが、トイレそのものについても、後から考えて「親の変化へのとまどい」に他ならぬ葛藤があった。

因果関係の把握というか、先のことを考え行動を順序だてることを、父はもうしなくなっているとは感じていた。「寝た後にトイレにまた起きるのは面倒だから、前もって行っておこう」といった計画的な行動の割り振りだ。

時間の把握とその属性の認識といおうか、「今は夜中だ。寝るべきときである」という認識のもうないこともわかってきた。

しかし昔からの父を知っている者としては、「それにしても」と思ってしまう。父は頼りないところがあるが、人の気持ちはわかる人である。人の気持ちを忖度しすぎることが、頼りなさとなっているとも言える。はっきりと断らなかったりその場しのぎの対応をしてしまったりする甘さが、家族に困難な時期をもたらしたこともあると言えるほど。

そうした歴史もあるものだから、その「人の気持ちはわかる人」の父が、目の前でしかも自分の子どもが「トイレに行きましょう」と必死で言っているならば、「なぜかはわからないけど、そんなに言うなら、まあ行ってみるか」くらいの気持ちを起こしてくれてもいいのではと、つい思ってしまうのだ。

介護のまだ初期であり、父の変化はわかりつつあっても、これまでの父という人にもとづく期待をしてしまう。

介護の本を探したら、夜中のトイレについて書いてあった。循環の衰えてきた高齢者は、体を立てている間は重力の関係で血液が流れにくいが、水平にすると全身の循環がよくなり、腎臓へ流れ込む量も増え、尿が作られやすくなるのだという。

「行きたくない」「今は出ない」に嘘はない。何も意地になっているわけではない。重力の問題なのだ、生理現象なのだ。そう知ることで心は少し和らいだ。

鼻血に動転

暦が冬になった頃のある晩、とん、とんと小さくドアを叩く音で目が覚めた。

「ちょっといい？」

父の細い声がする。

はね起きて出ると、中廊下に父が立ち、トイレのドアは開いていて中は電気がついている。

「鼻血が止まらないんだけど」

まるめたトイレットペーパーを鼻に当て、パジャマとガウンの前に点々と赤いしみがついている。

トイレの内部が視界に入り、仰天した。便器にもタンクの上の手洗いの水を受ける凹みにも血が溜まり、床にも壁にも飛び散っている。暗い部屋から急に明るいところへ来て、光とともに目を射たその色彩は強烈だった。

何がどうしたのかわからない。脳出血という不穏な言葉が頭をよぎる。何をどうしたらいいか全然わからない。「感情は鏡」の法則を思い出す。動転してはいけない。寝ると血液の流れがよくなると、夜中のトイレの件で本で読んだ。横にしては、もっと出てしまうのでは。

ダイニングテーブルの椅子を持ってきて、

「座りましょう。そしてお医者さんに行きましょうね」

昔ばなしの朗読のような、あえて間延びした調子で言って、胸は早鐘を打つ思いで一一九番した。鼻血で救急車を呼んでいいのかというためらいもあったが、出血多量で死ぬのではとの恐怖がそれを上回った。

受話器を置くと、夜中の二時。父の鼻紙をときどき押さえつつ、保険証や財布を探し、肌着、パジャマ、タオルをかき集めて鞄に詰める。父の体に何が起きているかどんな治療になるか見当もつかないが、入院に必要と思われるものだ。

救急隊が到着し、

「頭は打ちましたか。転倒は？」

「私の知る限り、ありません。昼間いちど鼻血が出たそうです」

受け答えしながら思い出した。その日の昼遊びに来ていた父の客が、私と入れ替わる際そう言っていた。しかし夕方以降はまったくなかった。

「バイアスピリンを飲んでいます」

付け加える。心臓を患ったことのある父は、血液を固まりにくくする薬を服用している。救急隊の人によれば、鼻の粘膜の血管は、乾燥する季節には、鼻をかんだり身動きしたりのちょっとした拍子に切れやすく、いちど切れると癖になる。父の場合、薬の作用で止まりにくい。

「すみません、鼻血にしてはあまりに量が多いので」

私が言うと、水に混じると量が多く見え、色も鮮明になるのでトイレや風呂場で出血した人はみな動転すると救急隊の人。たしかに便器の中のはもとから溜まっている水で「水増し」されているのだが、最初に見たときの私には便器一杯分の血を流したように思われた。

運ばれた先では、血管の破れたところを焼いて固めるとのことで、診察椅子に座った父の鼻の穴に、医師が細い棒のようなものを挿入する。

「動かないで下さい」

くしゃみが出そうに顔をひくつかせる父に医師は、

「動かないっ！」

そばで固唾を呑んでいた私は内心「鼻の穴にものを突っ込まれたらくしゃみが出そうになるのは自然でしょう」「言われてもおぼえられない人に、そんな言い方しなくても」と憤慨したがそれは逆恨みというもので、安全に処置するため必要なことなのだった。

処置や検査が終わると父は安心と疲労のためか、救急の寝台でくうくうと眠りはじめた。ひと休みして目覚めたら帰っていいという。私はその間事務的な手続きをする。

インフルエンザの流行期にはまだ早く、夜間窓口は空いている。照明を落としたロビーで私は、壁に背中をつけて缶コーヒーを飲んだ。

変わるもの、変わらないもの

父を連れてタクシーに乗ったのは午前六時頃。産業道路としてよく使われる道路は、日曜の早朝とあり車はいない。四車線の幅広さで私たちの前にまっすぐ続き、まるで飛行機が滑走路をこれから離陸しようとしているみたいだ。空は白々と明け、雲は私たちが進むにつれ左右に割れ、間から太い光が射してくる。

このような朝がこれからいくつもあるのだろう。不測の事態が起き、病院へ駆け込んで帰る朝。これまでの私の生活ではあり得なかった時間帯に、見たことのない光のドラマに遭遇する。後部座席の私のかたわらには、ともに帰る父がいるかいないかは、そのときになってみないとわからない。

家に着いたら父を寝かせ、それからまずトイレの血を拭き取らねば。

私は不眠なんかではなかった。聴力過敏でもなかった。父がリビングの床を足ですって来たこともドアを開けたことも、トイレットペーパーの棒をからからと鳴らして巻き取っていたことも気づかず、ぐっすりと眠っていた。トイレのたびに起こされると思っていたが、それはほんの一部で、私が寝入って父がひとりでトイレと寝室を往復したことも、数えきれないほどあったのだろう。

トイレに飛び散る血、止まらない血には、本人も動転したに違いないが、私を叩き起こすでもなく、大声で呼ぶでもなく、遠慮がちで申し訳なさそうですらあった。「ちょっといい?」という切り出し方には、私に衝撃を与えずワンクッション置こうとする配慮が感じられた。「今は夜中だ。寝るべきときである」という認識はないとしても、「自分のことで人のじゃまをしては悪い」「驚かせてはいけない」という判断がある。その意味で父はやはり人の気持ちを推し量る人なのだ。

夜中のトイレとテレビの問題は、五年間の介護のうちの早い段階で消滅した。自分から起きてベッドを抜け出す、リモコンに手を伸ばすといった能動的な行動は、どんどんなくなっていったのだ。

寝ている父のパッド交換のため父の体を横に向け、倒れてこないよう片手で支えつつ、もう片方の手でパッドを褥瘡に便がつかないように注意しつつ腰の下から引っぱり出しながら、「介護は最後には下の世話に収斂《しゅうれん》するのだろうか」

と思った。耳栓はとうに無用のものと化していた。

介護の初期は、「この先、衰えが進むにつれ、たいへんさが増していくのだろうか」と考える。が、たいへんさが増していくのではなく、質が変わるように思う。

初期の頃は、父が何はわかって何はわからないかを、こちらもわからないから「こんなにお願いしているのに、なぜするのだろう」あるいは「なぜ、してくれないのだろう」と混乱し、失望する。

が、「なぜ」は減っていき、代わりに父の安全、衛生、命そのものを預かる責任のプレッシャーで占められていく。

テレビとトイレの問題に汲々としていたのは、介護がはじまったばかりで、親の変化にも自分の生活の変化にもとまどっていた初期症状であったと、今は思っている。

6章

お風呂と洗濯

脱衣のタイミング

介護がまだはじまらない頃、介護と聞いていちばんに思い浮かべるのは「下の世話」とお風呂であった。

ニュース番組ではよく、「介護者の負担を軽くし本人も快適なこんな機械ができました」という感じで、リフトのような装置で高齢者が仰向けのまま浴槽に移動し、気持ちよさそうに湯につかっている。

私の家の近くに引っ越してくる前、兄はすでにお風呂で全介助をしていたらしい。平らな廊下でも転ぶことが出てきていたから、石鹸で滑りやすかったり浴槽のへりを跨いだりするお風呂なんて、ひとりでは危なっかしくてとてもとても、だったのだろう。

私の用意したマンションへの転居を決めた理由には、兄の家の風呂は浴槽のへりが高かったこと、一戸建ての一階の風呂は冬は寒いこともあったようだ。

平日はきょうだい任せで介護の役に立っていない私は、日曜の風呂の手伝いを買って出た。平日はなかなか忙しいだろうが、日曜は私はずっといるので昼間から風呂に入れられる。

まず、準備態勢から。寒いのはよくないので浴槽に湯を張り、フタは外してもうもうと湯気を充満させ、全体を暖かくする。湯気を逃がさないため風呂の戸は直前まで閉めておくが、脱衣所からリビングへの扉はすべて開け放ち、上がった後の通り道を作る。通り道の先にはダイニングテーブルの椅子を、戻ってきて座りやすい向きに置く。テーブルの上には、着替えの肌着を揃えて。

服装は濡れていいTシャツに、下はジャージを膝までまくり上げておく。プール掃除のような格好である。

父のファッションについてはさきに書いたが、父のファッションをなるべく格好よく保とうとするのと裏腹に、家族の服装はどんどん緩くなっていく。自転車にすぐに跨がれる服装、いつでも走り出せる服装。フラットな靴、ストレッチ性のあるパンツ、ウエストの締めつけがなく動きやすいチュニック、父の家ではエプロンをつけることも。道で保育士さんが手をつないだ幼児の列を連れているのを見て、「最近の私の服装はあれだな」と思う。

風呂の介助の後自分のパンツが乾くまでは、そのへんにあるものを間に合わせで穿く。たいていは父のパジャマのズボンかズボン下。後に書くように父のパジャマや肌着は、数はたくさん用意してある。

チュニックにだぶだぶのチェックのパジャマのズボンや楊柳のズボン下という組み合わせに、しだいに抵抗がなくなり、また夜中も何かあったら即行動できるようにと思うから、起きているときと寝るときとの区別もなくなっていく。姉も同様で、姉の息子までもサッカーのユニフォームシャツの下に父のパジャマのズボンでいた。父の家にいる時間が長くなるにつれ、自分の家の洗濯が追いつかなくなるのだ。

風呂場周辺の準備が整ったら、父の登場。リビングの椅子で上半身の肌着を取って、立ち上がり脱衣所へ移動する。

羞恥心をどうしよう

ほんとうは下半身も全部、リビングの椅子で脱いでいく方が安全なのだが、最初父は異を唱えた。

「じゃあ、これも脱ぎましょう」

さりげなく提案したが、父は目を丸くして、

「それだと素っ裸になるじゃない」

と抵抗感を示す。その反応に、今度は私が内心驚く。羞恥心がまだあるのだ。「まだ」と言うのも失礼だが、父は着替えやトイレの際何もつけない状態を手伝う者にすでに見せており、父の中では了承ずみの案件かと思っていた。が、着替えやトイレは、上半身と下半身は別々に行う。どちらかは何かでおおわれている。いっしょくたとなると話は違うらしい。

とりあえずパンツとズボン下はつけたまま脱衣所へ連れていく。

脱衣所の端まで来て、開け放した扉のすぐ先に湯気を立てたお風呂があると、父はその気に

なるようだ。

「じゃあ、これも脱ぎましょう」

ズボン下のゴムに手をかけると、今度は羞恥心を示さず、パンツとズボン下をいっしょくたに下ろされるままになり、最後の方は足踏みして引っ張り自分から脱いでいる。リビングで嫌がったのは、私に見られる抵抗ではなく、場所的に「ここでは変」と感じるのだろう。こちらとしては安全、効率を優先するが、父には父のＴＰＯがある。

裸になった父がひとりで歩き出さないよう片手でつかまえておきながら、父の脱いだものを蹴飛ばして脇へどかし、タオルを床に広げておく。出てきたときの準備である。

そして二人で風呂場へ。浴槽の脇に置いた腰掛けに、そろそろと座らせる。父の体が浴槽と平行になる向き、父の左脇に浴槽のへりが来る向きである。

父の体にシャワーをかけ、石鹸をつけたタオルで体をこする。見る、からいよいよさわる段階に入るわけだが、父が恥ずかしがらないので助かる。

私の方が最初はとまどう。特に男性の「中心部分」について。娘とはいえ、いや、娘だからこそ、見ていいんだろうか、さわってもいいんだろうかと内心相当どぎまぎし、背中やお腹の限りなく近くまでこすって、

「じゃ、お願いしますね」

と父にタオルを渡してその部分だけ自分で洗ってもらうように、最初はしていた。

が、見ているとどうも頼りない。風呂に入る最大の目的である、いちばんきれいにしたい場所にタオルが届いていないようでもどかしく、

「ちょっと失礼しますよ」

父の手からタオルを戻し、えいっと目をつぶる思いで、タオル越しにむんずとつかんだ。掌にタオルを広げ全体を包み込むようにすれば、なんてことはない。後は慣れだ。

石鹸を洗い流したら、次は頭。風呂の椅子に座ったままうつむいてもらい、耳たぶを上から押さえ耳の穴に蓋をする感じで湯をかける。禿げてこそいないが毛の量は少ないので楽だ。洗髪の間に体が冷えないよう、ときおりシャワーをそちらに向ける。この頃には私の髪もたっぷりと湯気を吸い、額にはりついている。

滑らないよう、冷えないよう

そしていよいよ浴槽へ。浴槽と平行に座っていたポジショニングがここで活きる。

両手をつかんで立たせてから、浴槽に近い左足を上げて、横へ。へりを跨いで浴槽の底につき、残る右足も上げて跨ぐ。ここでバランスを崩したり、浴槽の底で足を滑らせたりしてはたいへんである。私は腕で輪をつくり、父の胴を横から抱えて、脇に体をつけて支える。相撲取りのような体勢だ。Tシャツはここでほぼ濡れる。

そろそろと膝を折っていき、父の体が湯に沈み込んだらひと安心。

「お湯加減はどうですか」

「そうだね、ちょっとぬるいかね」

時代劇で焚き口に薪をくべている娘と父のような会話をしながら、双方ともほっとするひとときである。細かいものが見えてきれい好きである父は、お湯に浮かんだ白髪を手で追いかけなぞしている。私は父の髪をできるだけここで拭いてしまう。頭から冷えてしまうのを防ぐのと、出た後は何かと慌ただしいのとから。

父の顔色がよくなったところで立ち上がらせ、入るときとは逆の足からへりを跨ぐ。ほどよく茹だって、さっきよりさらにふらつきやすくなっているから要注意。腕の輪に抱え込むのは同じだが、滑ってするんと抜けそうになり肝を冷やす。

「風呂」という一語でふだん自分のしていることが、いかに危険と隣り合わせの動作の連続であるかを思い知る。

脱衣所のはしに敷いたタオルにつまずかないよう足を乗せて、背中からバスタオルをかぶせおおまかに拭く。そのまま後ろから押して移動し、リビングの椅子に無事到着。体をよく拭きパンツを穿くのは、椅子に座ってからである。温まると腸の動きがよくなるのか、ゆるんだ便がパンツを穿く前に漏れることがある。椅子の上にキッチンペーパーを敷いておくようにした。

しかしこの風呂の介助は、長くは続かなかった。ある土曜、父の家の前に着くと、石鹸の匂いと水音がする。玄関脇にある大型湯沸かし器からオン、オフの切り替わる音がひっきりなしにしている。

玄関ブザーを鳴らさずに開けて入れば、くせ毛を湯気でくるくるにして眼鏡を白くくもらせた兄が、脱衣所から父の手を引き出てきたところだった。半ドンで帰ってきた兄が、私と交代する前に風呂に入れてくれたのだ。Tシャツもズボンも色が変わるほど濡れていて、難儀したのを思わせる。

「日曜にお風呂に入れなくていいです」

と兄。兄は体格がよく力もあるが、その兄でもひやっとすることがあるそうだ。

「女性の力では無理です。かえって心配」

兄か姉の息子に任せることとし、私はお役ご免となった。

漂白剤をよく使う

風呂上がりでこわいのは湯冷めだ。自分なら、「汗が引くまでこのままでいよう」とお腹まる出しでいることもできるが、父に対してはその勇気がない。タオルで拭いてシッカロールをはたいたら、早々に着せてしまう。

血圧が低く体のいつも冷たい父だが、風呂上がりは新陳代謝が盛んになるのか顔色がよく、さわってみると肌着の湿っていることはしばしば。そのまま冷えては風邪を引くので、再び全取っ替え。土曜に父の家に行くと、兄や姉と姉の息子がリビングの椅子を囲んで二度目の着替えをしていることがよくある。

日曜の風呂は、この点からも無理だなと悟った。着替えは本人にも疲れることだから、これと散歩と両方はできない。

着替えの多いのは、洗濯物がそれだけ出ることでもある。

やはり在宅介護をしている知人女性が、

「うちではワイドハイター、命だわ」

と言い、まったくそうだと肯いた。

ワイドハイターとは色柄物に使える漂白剤で、菌や臭いにも効果がある。年をとってくるとどうしても「小」は漏れる。ふつうの洗剤だけでは臭いが残り、ワイドハイターは必須である。

「大」もつくようになると、色抜きのためにもますます欠かせなくなる。洗濯機に放り込む前に風呂場でバケツにつけおくが、それにもワイドハイターを要する。ボトル一本すぐ消費する。

「こんなに使って環境に対してどうなんだろう」

とのためらいはあるが、もはや頼りきりだ。

ワイドハイターといえども「大」は落ちないしみになることもあり、そうした衣類は衛生的に問題なくともなかなか着せる気にならず、ごみに。環境には負荷をかけているなと、正直思う。

父が寝て、洗濯物も干し終わり「さ、この間に私もシャワーでも浴びてさっぱりするか」と風呂場に行くと、つけおいたまま忘れたバケツが床のまん中にどどん！ とあって、がっくりと項垂れることもよくあった。

いつ足りなくなるかわからず、肌着やパジャマの予備は多めになる。兄がよく両手いっぱいスーパーの袋を提げて買ってきた。着古した方を家族が、風呂の介助のときとか洗濯の間に合わないとき着て、なんだかもう誰の何とかお構いなしにぐるぐる回っている。

紙パンツへ移行

パンツは途中から紙パンツへ移行した。移行はまあまあスムーズだったといえる。

私が風呂に入れていた頃は紙のを用意しておいても好まず、なかなか移行できずにいたが、兄が風呂上がりの世話するところを見ていると、兄には素直に紙パンツを穿かせてもらうままになっている。兄は片手で父の背を支え、父を自分に寄りかからせ、紙パンツを装着するためのテープを片手で器用に留めている。

「息子の言うことは聞くんだなあ」

と思った。兄は力もあるし父の扱いに慣れてもいるから、父も安心して身を任せることができるのだろう。幼い頃を共有した人でこそないが、父と暮らした年月も、年とってからの父を世話してきた年月も、私よりはるかに長いのだ。

　やがて紙パンツにパッドが加わる。

「これを内側につけて下さい」

　兄から説明を受けた。紙パンツだけでは溢れてしまうので、パッドと二枚重ねにする。ただ重ねただけではずれてしまうので、パッドの前後のはしに両面テープを横に貼り、紙パンツのウエストの前後に留める。そのための両面テープも買ってあった。

　これがなかなか面倒だ。

　着替えのときは気が急いている。父を待たせているし、一方で外した方のパッドの処理も早く、と焦る中では、両面テープを切ってシールを剥がしパッドに貼りつけるのを二回、という手数がほんとうに煩わしい。思うように切れなかったり、捩《よじ》れて粘着面どうしくっついてしまったり。生理用のナプキンははじめからテープが縦についていて、シールを剥がせば一発なのだが、どうしてそうなっていないのかと思う。

　紙パンツのフィット性も疑問である。父の家でテレビをつけていたら「Cool Japan 発掘！かっこいいニッポン」という番組で、日本で開発され大ヒットした赤ちゃん用の紙オムツが取り上げられ、赤ちゃん好きな父は目が釘付けになっていたが、私は別の感慨をもって深々と見入ってしまった。メーカーは実際に赤ちゃんにつけてもらってウエスト部や腿《もも》のシャーリングなど改良に改良を重ねて、便漏れの防止やフィット性の向上につとめ、その努力には頭が下がる。同時に首を傾げざるを得ない。定評のある日本のモノづくり、なのに大人の紙パンツはなぜこうイマイチなのか。

父の家に泊まることの多くなった姉の息子が、あるとき言った。

「どうも寝ている間に、自分でずらしてしまうみたいだよ」

そうなのか!?

パッドが痒い

冬のある土曜、父の家に泊まっていた私は、夜中に何やら気配を感じ、父の寝室へと起きていった。ドアを開けて、どきっとする。ベッドの端に父が腰掛けており、私に気づいて柔和な笑みを向ける。紙パンツ一枚を残し、上半身も下半身もほぼ裸だ。

(何してるのっ、こんな真冬に、風邪引くじゃない!)

悲鳴を上げた……のは内心のみで、この頃には「鏡の法則」を体得していた私は慌てず騒がず微笑み返し、そろりそろり近づく。

「寒くない?」

父の寝室は夜通し床暖房をつけてあるとはいえ、布団から出てきたばかりの私は長袖シャツの二の腕をさするほどだ。父は寒さを感じないのだろうか。

答える代わりに父は、「痒い」と微笑んだまま鼻に皺を寄せ、脱いだシャツを手にして乾布摩擦のように背中で左右に動かしてみせる。

「掻くならシャツじゃなくてタオルで……」

言いかけて再びどきりと目を疑った。ベッドの転落防止用の柵にかかっている白いタオルと思ったもの。それはパッドだ。しみひとつないパッドが几帳面な父らしく、端を揃えてきれいに二つ折りされ、台所の布巾のように干してある。頭が一瞬混乱する。紙パンツはずれていないのに、内側のパッドだけがなぜそこに？　介護をしていると目の前に理解を超えたシュールな光景が立ち現れ、意味を再構築するのに時間を要することがある。

おそらく父が外したのだ。パンツを脱がなくとも内側だけ引き抜くことが、父の力でできるのだ。そうしたくなるのは痒いから。たしかにパッドはつけたては乾いている。肌触りはよくはなさそうだ。

しかし父が痒がっているのはパッドの当たるところだけではない。背中も脇も掻いている。お風呂はよく入っており清潔は保たれ、汗疹《あせも》もできていなさそうなのになぜ？

晩年の母もしばしば痒がっていたのを思い出す。調べると加齢で皮脂や肌の保湿成分が少なくなり乾燥するのが原因らしい。近所の医師にも相談し、保湿クリームを処方してもらう。風呂の後、それを塗布するプロセスが加わった。

パジャマのズボンを下ろしてしまわないよう、ウエスト部の紐を結んで、紙パンツのウエスト部のテープもなるべく腰のくびれに沿うよう留める。が、寝ているとき苦しいといけないから、あまりきつくするわけにもいかない。

泊まり込んでいる人が夜中にいちどは見にいき、パッドを替えるか留め直すかする。それでも朝起きると取ってしまっていることが多い。

洗濯物は増えていった。毎朝、肌着一式、パジャマ、シーツ、シーツの下に敷いた介護用シーツ、上にかけていたタオルケット。介護用シーツとはその下へ水がしみるのを防ぐもので、ある程度の効果はあるが、完全とは言い難い。

日に二回は洗濯機を動かすので、父より先に洗濯機の方の寿命が尽きた。この家に引っ越してきた際兄が新調したものだが、途中から変な音を立てるようになり、酷使にまさしく「悲鳴を上げて」いた。だましだまし使っていたが、五年も経たずにつぶしてしまったことになる。

干し物とオムツのゆくえ

梅雨明けがニュースで報じられ、からりと晴れた空を窓越しに見上げながら、

「これで洗濯物が乾かない恐怖はなくなったね」

と家族で胸を撫で下ろした。

これからの季節は、熱中症がこわい。高齢者の屋内での熱中症もニュースで毎年報じられる。死亡例も聞く。

リビングのエアコンも父の寝室のエアコンも二十八度に設定し、リモコンの電源ボタンに「暑いとき押す」と書いたシールを貼っておいたが、夏のある晩、父の部屋を覗いたら、どこをどうさわったか暖房がついていた。

温度湿度の調節は、もう父にさせては危険だ。介護者の役割になっていく。そう考え、温度湿度計を買ったが、試しに二つ買ってきて並べて置いたら、温度で一度、湿度で十パーセントは平気で違う値を示すから、これではアテにならないと思って止めた。

暑いかと本人に訊ねるのも、必ずとも正確とは言えない。衰えが進むと、会話はしだいに鸚《おう》鵡《む》返しになっていく。「暑い？」と問えば「暑い」と答え、「暑くない？」と問えば「暑くない」、「寒い？」には「寒い」と答えることが多くなってくるのだ。答を鵜呑みにするだけでなく、実際に肌をさわって、冷たくないか汗で湿っていないかを確かめる。鸚鵡に鵜と、なんだか鳥の比喩が続いてしまった。

水分の補給もだいじ。年をとると体の中の水分量そのものが減るという。加えて本人は喉の渇きを感じにくい。水分をとるよう周りが促さないと。

命を落とすこともある熱中症。そのシーズンを迎える緊張はあるものの、家族は異口同音に、

「でも洗濯物は助かる」

とほっとした声を出す。さきに書いたような量だから、ベランダで物干し竿を総動員し上下に分けて干しても浴室乾燥機を回しても、どうにも乾かないぶんが日に日に溜まっていく。間を詰めると風が通らず、よけい乾かなくなるという悪循環に陥っていた。

梅雨が明けると、面白いように乾く、乾く。

洗濯物に負けず、ごみの量も半端ではない。紙パンツとパッドがそのつどごみになるわけだから。

燃えるごみの日は週二回。それまで保管する必要がある。消臭スプレーをかけた上で、消臭剤を練り込んだという銀色の袋に入れて口を結び、蓋の裏に消臭剤を貼りつけたごみボックスに入れてベランダへ。

本人の前でスプレーを派手に吹きつけるわけにもいかず、中廊下で隠れてかけると吸い込んで噎《む》せる。環境にはやっぱり負荷をかけていそうだ。

そこまでしても臭いはする。何たってアンモニアと有機物。腐敗の進む夏場はことに厳しい。夏場はごみボックスの蓋の上にさらに消臭剤を置いていたが、風向きによってはお隣まで漂っているのではと気が気でなかった。皆さんいったいどうしているのか。

紙パンツやパッドはまた、使った後は重みと嵩が出る。ただの紙ではなく、高分子ポリマーという水を吸うと膨れてゼリー状に固まるものが使われているため、その分の重みと嵩だ。

ごみボックスはひとつ増え、またひとつ増えしていった。ベランダには兄が棕櫚竹の鉢を置いていたが、葉の掃除がたいへんなのと場所塞ぎなのとで撤去し、ごみと物干しとが占めた。介護の後半期はごみと洗濯物と格闘していた感がある。

自尊心と不安

介護がはじまって何回目の敬老の日だったか。父の家にいた私は、落語家さんが出てくる敬老の日のイベントを、テレビで父と二人ぼーっと見ていた。

広いホールで行われているイベントで、ステージには「百歳で洗濯物をたたむおばあさん」……詳しい年齢は忘れたが、そんな紹介でおばあさんが上がり、おばあさんのふだんの生活の場を再現したのだろうか、特設の畳の上に和式座りをして、目の前にはタオルだの孫の服らしき衣類だのが積まれている。おばあさんは緊張の面持ちでこそあったが、いざはじまるとつっかえることなどなく、脇目も振らずせっせと洗濯物をたたんでいく。その真剣さ、手早さは、洗濯物をたたむという行為に必要なもの以上であり、「ここはいいところを見せないといけない」と意識していることを思わせる。

万雷の拍手を浴びて顔を上げたとき、おばあさんの頬はうっすら紅潮していた。

私は感心してしまった。百歳ともなるとこういうことでステージに上がれるんだ、全国放送されるんだ。そしていくつになっても賞賛されるのはうれしいし、役に立てるということは誇らしいのだ。

自尊心という言葉が、私の頭に浮かんだ。

同時にいくつかのシーンを思い出す。トイレの介助の仕方を模索していた頃、土曜の交代時に中廊下で兄と話した。父はリビングの椅子にこちらに背を向け座っていたが、

「何か？」

ドアの隙間へ振り向いた。兄と私が自分のいないところで話しているのが気になったのか。

「ごめんごめん、掃除の仕方を相談してたの」

私が取り繕うと、

「よかった」

緊張が解けたように肩の線をやわらかくし、

「もしかして、おもらしでもしたのかと」

羞じらうような笑みを作る。私は慌てて、

「そ、そんな」

「し、してないよ、してないよ」

兄と揃って激しく首を左右に振る。

私はいくつもの意味で驚いた。ひとつは父の敏感さだ。兄と私が交わしたのはほんの数言、

それも誰が何をといった名詞を出さずにいたつもり。それでも父は、何か自分が失敗し、それについて話しているのではと感じた。

すなわち父が、知らずのうち失敗をするかもしれないものと自分を認識し、それについて不安に思っていることを意味する。

厄介者ではない

もうひとつの驚きは、父の希望的観測と言おうか。この頃はトイレにひとりで入ることはなく、常に介助つき。そのたびに周囲が、脱いだ肌着を持ち去ったり替えの肌着を持ってきたり、なんだかんだと動きがあって、誰も口にはせぬもののおもらしのあることは、本人も含めて皆が共通して了解ずみの、既定の事実だろうと思っていた。が、父にとってはまだ「かも」なのか。あるいは「かも」であってほしいという願望か。

私は自分たちのとっさの芝居の下手さに呆れてもいた。二人ともわざとらしく首を振り「してない」と繰り返す。取り繕ったのがありありで、「している」と言っているのも同然ではないか。兄に至ってははじかれたように父に飛びつき、

「お父さんはおもらしなんてしてませんよ、ねえ」

と肩まで抱いて覗き込む。さすがにそれはおおげさではと、目をおおう思いだったが、父を

見てさらに驚いた。父は疑念を深めるどころか、安心とうれしさの入り交じった表情で、涙ぐまんばかりに兄を振り仰いでいる。父の確かめたいのは、おもらしをしているかどうかではないのでは。厄介者扱いされていないかどうか、受け入れられているかどうかなのだ。逆に言えば父にそのことさえ伝わるなら、どれだけわざとらしくても、おおげさでも構わない。二人のようすからそう思った。

話はトイレからずれるが、この父の自分の状態についての認識と希望的観測とは、私にはつかみ難いものがあった。

日記をつけていて、父がそこそこ長めの文章を書いていた頃、日曜に父といた私は前のページを何の気なしにめくっていて、ハッとした。「これ以上ボケて皆に迷惑をかけたくない」とある。姉の字は周りにないから、父がひとりのとき記したのだろう。「ボケて」いるという認識が、父にもあるのだ。その認識の上に立ち、こんなことを考えていたとは。「ヤバイ!」と私は思った。が、本人がうすうす気づいているのに「ボケていませんよ」と言うのも嘘っぽすぎないか。

私は言った。

「迷惑になんて思っていないよ。××も××も××もみんな、お父さんを好きでここに集まってきているんだから。お父さんは一家の中心です」

××にはきょうだいや姉の息子たちの名が入る。突然何を言い出すかと、父は思ったかもしれず、自分だって「こんな歯の浮くようなせりふを、まさか言うことになろうとは」と面喰らい、とまどいもするが、とってつけたようでも、言わないよりはマシである。

それからずいぶん後、姉から聞いた父の認識は全然別だ。姉と姉の息子と父が家にいたとき、テレビでは高齢者の健康についての番組を放映していて、なんとなく見ていた。家に引きこもらず外へ出たり人と接したりする方がいい、という内容だったそうだ。

黙ってソファに座っていた父が突然、うれしそうに言った。

「お父さん（自分のこと）は毎日散歩しているからボケないんだね」

姉は思わず笑ってしまった。「そうだね」。同意する他はない。しょっちゅう同じことを聞かれては同じことを答えている姉の息子も、困惑を隠しつつ笑っていたという。

役に立ちたがっている

トイレの話にまた戻れば、父がまだ動ける頃、トイレ内の収納を開けると、トイレットペーパーの芯の周り一センチほどになったものが、何本も入っていた。残り少なくなると父が新しいロールに替えてしまうそうで、

「使いかけのばかり溜まってもったいないから、うちへ持っていって使っている」

と兄がこぼしていた。父としては、新しいのに替えた方が皆が使いやすかろう、気持ちよか

ろうと考えてのことかもしれない。

こんなこともあった。平日の夜自宅にいると、姉からＳＯＳの電話がある。父がトイレにはまっている、自分ひとりの力では引っ張り出せないという。

便器にはまった？

状況を想像できずともかくも駆けつけると、父がトイレの床に横向きに寝るかたちで、便器とトイレの壁との間に縮こまっている。

「どうやって入ったの」

姉によれば、父がひとりでトイレに行ったとき、天井の電球を替えようと伸び上がり、よろけて倒れ便器と壁との間に挟まったらしい。

最終的にレスキュー隊を呼んで便器を切断する可能性も視野に入れつつ、父の体の向きを少しずつ変えたり持ち上げたりするうち、突然抜けた。

姉と私は尻餅をついたようにひっくり返り、父は上半身を中廊下にせり出したまま、肩で息をついている。三人ともその姿勢のまま、すぐには動けず声も出ない。

ようやく私の口をついて出たのは、

「驚いたね、もうしないね」

母親が悪気のない行為で痛い思いをした子をなだめるような台詞だった。父はまだ肩で息をしながら小さくうなずく。

弱き者、庇護すべき者としての父がいた。が、父にすれば家族に庇護されるだけでなく役に立ちたかったのだ。そしてあれは、役に立とうとしたのにもはやできないという無力を感じた、挫折体験であったに違いない。

また別のシーンも思い出す。食事のとき父は食べ終わった皿をひとつずつティッシュペーパーで拭いていく。

私はそれを快く思わなかった。きれい好きの父は目の前の皿が汚れているのが気になるのかもしれないが、私はようやく自分の食事にとりかかれるところだ。片付けを急かされるようで、落ち着かない。拭いてもどうせ洗うのだから無駄だし、拭いた後の紙をごみ箱へ捨てるのは私で、そのたびに食事が中断される。それにティッシュペーパーの消費も激しく、「その紙だってタダではないのだ」と言いたい気持ちが正直あった。

父が老後の蓄えを残さなかったのは彼の人生に属することだと不問に付し、子どもたちが金銭と時間の多くを負担するのは否も応もないことだと納得しているつもりだ。何よりこの介護態勢を作ったのは父の求めでなく自分の意思だから、例えばこのマンションの管理費やローンの利子を払うことは何とも思わない。が、ティッシュペーパーといったどうしようもなく小さなところでけちくさい考えが出てしまう。見ているのが苦痛で、父が食べ終わった皿からさっさと下げてしまうようにした。

でもあれも、役に立ちたがっていたのだ。

大量の洗濯物と格闘していて、リビングの椅子に座っている父から「洗濯物がずいぶんあるね」「手伝えることがあったら言って頂戴」と労いや助っ人の申し出の声をかけられても、「ずいぶんって誰の洗濯物」「手伝うより、余計なことをしないでくれる方がずっと助かる」と言い返したい意地の悪い気持ちがわかないと言えば嘘になる。眠っている間にパッドをずらしてしまうのは仕方ないと理解している。痒いからのことであり本人の方がかわいそう、と思うことまではできる。が、父の目がさめていてベッドの上で着替えをしながら、紙パンツから中身がはみ出ているのに気づき、「わ、ちょっとここにつかまっていて、動かないでね」と転落防止の柵を両手で握らせ、新しいパッドや紙パンツを取るほんの十秒足らずの間に、父がさわってその手をシーツや替えたばかりのシャツで拭いてしまっていると、「ほんの十秒動かずにいてさえくれれば、どれだけ助かるかしれないのに」とやりきれない思いでシャツを脱がしシーツを剥がす、その気持ちが、手伝い云々と言われた瞬間よびさまされてしまうのだ。

でもあれだって、役に立ちたがっていた。

逆の立場で、私が自分ひとりすることのないままリビングの椅子に取り残され、がちゃがちゃと皿を洗う音をしょっちゅう聞き、山のような洗濯物を抱えてベランダとの間を行ったり来たりするのを見ていたら、「手伝えることがあったら」くらい言わずにいられなくなるだろう。周囲が皆「私は忙しいの」「次から次しなきゃならないことが出てきて、いっぱいいっぱいなのよ」と言わんばかりのようすをしていたら、自分でも負担を減らす方法を考えずにはいられないのではなかろうか。

たたむのはお任せ

「百歳で洗濯物をたたむおばあさん」はたいへんヒントになった。前はああした敬老イベントは「自分と同い年でもこんなに元気な人がいるんだ」と知ってお年寄り本人が元気になるための番組と思っていたが、介護者にも多くを考えさせる奥深いものがある。テレビもそう嫌ったものではない。

洗濯物をたたむのは六十代、七十代の、母がまだ生きていた頃から父はよくしていた。きれい好きで手先も器用な父に向いていそう。早速頼むことにする。

ベランダから取り込んだピンチハンガーのタオルだけ先に外して、ダイニングテーブルへ持っていき、父の前に置く。

「たたむのをお願いできますか。こういうふうに」

とかたわらに見本。父の家では昔から、タオルは半分に折り、同じようにまた半分に、という四つ折りだ。父は真剣な顔をして一心に折りはじめた。

私が別のものをたたみ、しばらくして見ると、できている。ダイニングテーブルの上に積んである。端と端とがぴたっと合って、夏で生地がよく乾くこともありまるで平らな板のようだ。

それをまた四方の端を縦にぴたっと揃えて重ねてあるものだから、ひとつの箱のようである。

「すごい！　よくこんなにきれいにたためるね」

これは本心。

「わー、助かる！　こんなにたくさんたたんでくれて」

これは少々おおげさに。夫をおだてあげてやる気を出させ家事をより多く分担させようと狙う妻のようだ。

折りよく兄がやって来たので、

「見て、これ。お父さんがたたんでくれたの」

と指し示すと、兄も心得たもので「わー、すごい」と目を見張り、調子を合わせる。父は、

「いえ、それほどでも」

と言いながらも満面の笑みで、またも細胞内でソーダ水の泡がはじけるように頬を紅潮させていた。

褒めるのはどんなにおおげさでもいいようだ。褒められて謙遜をするという「社会的ふるまい」が父にあるのも頼もしい。

聞けば兄も姉たちも簡単な洗濯ものは、父にたたむのを頼んでいるという。考えることは同じだ。

ついでにシャツも頼んでみたが、これはうまくいかなかった。長方形を二つ折りしまた二つ

折りするタオルと違い、図形的に複雑すぎるようだ。何回かやってみせ見本と現物を残してその場を離れると、テーブルに広げたシャツを父はしばらく右に左に回し考えていたが、やがて興味を失ったように手をつけなくなった。

父の興味の失い方は徹底していて、目の前にあるものでも完全になきものとしてふるまう。シャツがないときと同じに、テーブルの自分の前であるそこに飲み物のカップを置く。興味をなくした時点で、彼の世界からシャットアウトされるようだ。

タオルたたみは、かなり後の方までしていた。父亡き後、父の友人が見せてくれた携帯の写真に、日の当たるダイニングテーブルでパジャマ姿の父がタオルをたたんでにっこりしている姿があった。昼間もパジャマで過ごすようになったその頃までもたたんでいたのだ。

父がいちばん最後まで受け持っていた家事である。

7章

小さな大冒険

徘徊のスタミナ、どこから

介護がはじまって間もない頃、認知症の介護の本を読んでいて「こんなときどうする」といったQ&Aに書かれている行動の激しさに、驚いてしまった。

大声で叫ぶ。

物を盗られたと言い張り、近所じゅうに訴える。

暴力をふるう、暴言を吐く。

徘徊し、迷子になる。

追いつけないくらいのスピードで歩き出し、どこまでも歩いていってしまう。

「うちは、これはないなあ。でもそのうち起きてくるのだろうか」

新聞記事に出ていた家族は、徘徊に悩まされていた。その人も介護の本を読み「外へ出たがるのは、本人には目的や理由があります。ある程度好きに歩くと落ち着きます。無理に止めるとよくありません」という専門家の助言を取り入れ、出ていくのに任せていたら、よその家の塀を乗り越え侵入し、警察に通報されてしまったそうである。

知り合いは母親を置いて働きに出ているが、何回も警察に呼び出されるし、町内の有線放送で母親の名が流れるのもしょっちゅうだと聞いた。「××よしこさんを保護しています」といった、お祭のときの迷子放送のようなものだという。

離れた町で保護されたという話もよく聞く。お財布を持っておらず電車に乗れないはずなのに、家族は不思議でならないと。駅員の制止を振り切って改札をくぐり抜けてしまうのか、それとも足で歩き通したのか。二駅、三駅ぶんも歩くなんて、家族でさえしようと思わないけれど、高齢者は疲れを感じにくいこともあってか、ときに信じがたい距離を信じがたい速さで歩くという。

「しかし、うちの父はなあ」

足もとがおぼつかなくて、家族が付き添い歩く練習をしているほどだし、もともと活動的でない。若いとき病弱だったこともあり、昔からスポーツには親しまず、休日となると植木いじりとか、家の中でちんまりと相撲観戦とか落語や歌舞伎の鑑賞をしている方だった。

「でも、知り合いのおばあさんも、すごくおとなしい人らしいけど」

姉が聞いてきた。その家ではおばあさんが夜になると徘徊するので、家族の誰かが番をしたり、それでもふっと寝落ちた隙にいなくなり総出で探し回ったりで、全員が睡眠不足になってしまった。そのままでは会社にも学校にも支障をきたすので、暗証番号を押さないと開かない鍵を玄関の内側に取り付けたら、なんと窓を跨いで出ていってしまったそうだ。

大人のウエストの高さにある窓で、ふだん楚々としたおばあさんがどうやってよじ登ったのか想像できないという。高齢者あるいは認知症の人の中には何か、得体のしれないスタミナとパッションのようなものが潜んでいるようだ。

高齢者だけの話ではないかもしれない。歯ぎしりを思い出す。寝ている間の歯ぎしりでは、体重の倍から三倍、すごい人では六百キログラムもの力で歯を食いしばり、こすり合わせているそうだ。ふだんの私はどう頑張ったってそんな力を出せそうにないが、無意識に制御しているからであり、潜在的には持っているのかも。「火事場のなんとか力」同様、リミッターが外れたとき、その力がいかんなく発揮されるのだろうか。人間の不思議を見る思いだ。

これからどんな不思議に会うのか。父の家に泊まるとき自分の寝室を玄関ドア近くの部屋にしたのは、夜中の徘徊がはじまったとき「門番」となれるようにとのつもりもあった。幸い父の夜中の活動領域は、さきに書いたトイレ—テレビ間におさまっていた。

危うく無銭飲食？

介護の態勢ができてしばらくは、父がひとりで過ごす時間があった。

平日の朝、兄が父と朝食を終えてから遅めの出勤。その後姉が来るまでの午前中の二時間ほどだ。もともと朝の苦手な父は、ソファでうつらうつらする。

あるとき姉が玄関ドアを開け、いつものように朗らかに声をかけながら廊下を進むが、反応がない。

リビングに入って、あれっ？　ソファの背から上半分がいつも出ている丸い白髪頭がない。ずり下がっているのかと、ソファの前に回ってみても空だ。ベッドに戻って二度寝している？　もしやトイレに？　まさかベランダ？　順に覗くが、どこももぬけの殻である。

ざーっと血の気の引くのがわかったという。ひとりで外へ出てしまった？　そう言えばさっき玄関ドアの鍵を回したとき、変に軽かったような。

マンションの外へ走り出、散歩コースであるグラウンド方面を見渡したが影はない。警察とか捜索願とか救急車のサイレンとか、いろんなものが頭をよぎった。

思いつき、近くのカフェレストランへ行くことに。姉がよく散歩がてらの昼食に連れていくところで、鶏肉のクリームソース煮みたいなおしゃれな洋食があるし、店の人が父の食べやすいよう鶏肉を小さく切って出すなど何かと親切にしてくれるしで、父がとても気に入っている。

ビルの二階にあるお店。姉が外階段を駆け上がり、息せききってドアを開けると、カウンター席に白髪頭の後ろ姿が。カウンターの向こうのシェフが、姉の方へ大きくうなずく。

へなへなと座り込みそうになる姉を父が振り返り、にっこりと微笑んだ。その顔はたいへん満足そうだった。

父にしてはめずらしく、午前中のうとうとから目が覚めたのかもしれない。そしてお腹が空いていると感じ、「あそこへ行けば美味しくて気持ちいい」と本能的に思い出し、ここへ来たのだろう。

それにしてもよくも場所を覚えていたものだ。しかもよく事故にも遭わずたどり着けたものである。

姉や私の足なら徒歩二分もしないところだが、交差点の対角線に位置し、車通りの多い道を二回渡る。父は青信号まで待てたかどうか。赤でも平然と渡ってしまい、運転手さんたちはあっけにとられ渋滞を引き起こしてしまったのでは。

「いっしょに食べない?」

姉を誘う父。店の若い女性店員も訳知り顔に苦笑していた。そのときの姉との心の中の会話を、マンガのふきだしふうに記せば、

(よかったですね!)

(ほんとうに)

(たいへんですね!)

(ほんとうに)

しかし事情のわかったお店で、しかも姉が探しあてたからいいものの、でなければ無銭飲食となるところだった。楽しいランチを終えていざ支払いの段になり、お財布を持っていないことが店にわかって、店が家族と連絡をとろうにも、電話番号を言えず。そうして警察に留め置かれる高齢者がどれくらいいるのだろうか。

高齢者の万引きもよく報じられる。私もスーパーでおばあさんがハムを手提げ袋に入れるの

を、三十代の頃目撃したことがある。そばにいた店員のおばさんが、

「あらら、そんなことしたら万引きになっちゃうよ」

「なっちゃう」どころか、すでにりっぱな万引きなのだがそう声をかけ、おばあさんの返答が要領を得ず、事務所の方へ連れていっていた。

「年金で生活が苦しくてつい出来心を起こしてしまうのか」

仕事が不安定で、老後の収入が国民年金のみの私は、将来の自分と重ね合わせて、胸が苦しくなってしまった。目の前で行われたという衝撃もあった。

「苦しいのはわかるが、長年刷り込まれた善悪の判断というものを超えてしまえるものだろうか。似たような満足を得られる魚肉ソーセージに代えるなどして、なんとかがまんできないものか」

わが身に置き換え、悶々とした。

が、善悪の判断とかいう問題ではないのかもしれない。瞬間瞬間、内にわく「欲しい」「食べたい」「すてき」といった本能に近い情動に忠実なだけで、「欲しいけど、お金を持っていない」「それはいけないこと」「でも欲しい」といった葛藤は差し狭まらないのだろう。

それにしても、平らなところでも杖をつきつき、人の手につかまりする父が、カフェレストランへの階段をよくひとりで上れたものだ。パッションのなせるわざだろうか。

貼り紙をする

　本人は大満足のお出かけは、私にはひとつの恐怖体験であった。血の気がざーっと引いたと言うように、姉の焦りはどれほどだったか。

　ベランダまで姉が見たというのがリアルである。もしやベランダから落ちたのではとも考えたことだろう。私は夢で、自分が同様の場に遭遇しベッド、トイレと探して回り、ベランダから身を乗り出して下の庭を覗き込むシーンを何度も見、そのたびにぞっとした。

　ある昼、これは夢ではなく現実の話だが、父の家の近くへ用事があって行くと、路地の先、大通りに面した歩道の端に、黒いブルゾンの紳士が車道を向いて危なっかしく立っている。不安定に揺れているのは、後ろからの風にあおられてか、それとも道を渡ろうとしているのか。フードにおおわれ頭は見えないが、もしかして父？　まさか、姉の来ている時間帯、ひとりで外にいるはずがない。でも……。

「お父さん！」と呼んで驚き、反射的に前へ踏み出してはまずい。身投げしようとしている人に近づくように、慎重に距離を詰めていく。

　静かに隣に並び立ち、思い切り横目でフードの内側を覗き込めば……違った。父より少し年下と思われる男性だ。白眼の少し濁った目をこちらへ向ける。

「あ、失礼しました」安堵と同時に、しどろもどろになる。「その、何かお手伝いできることはありま……すでしょうか」。

男性は憮然とした顔で「いや」と首を振り、「何も困っとりゃせんです」不審そうに私を睨む。そうだろうとも、振り込め詐欺や悪徳業者など親切ごかしに近づいてくる人は多い世の中だ。

「すみません……」

よく見れば背格好も全体的な雰囲気も、父とは違った。どうして父に見えたのか。この前の恐怖体験が身にしみているのだろう。

家の中のあちこちに貼り紙をした。

「けっしてひとりで出かけないでね」「必ず誰か帰ってきます。うちで待っていてね」。ベッドで目をさましてしまったとき見るであろう壁に。父の定位置の前のテーブルに。リビングから廊下へのドアに。玄関ドアの内側に。

あえてソフトな文言にし、かわいいもの好きの父の目を引くよう、姉が丸文字で書いて、笑顔の小人のマグネットで留めたりした。

散歩にせっせと連れ出していたのも、歩く練習の他に、外出欲を満たすのと、ほどよく疲れて、出かけるための体力を残さないためもあった。

ときには演技

ある日曜の朝、起きてベッドの端に腰掛けた父の着替えを介助するが、本人が協力的でない。シャツの袖の入口まで腕を導き、出口側から手を入れ腕を引っ張ろうにも、腕を伸ばそうとせず、心ここにあらずのようすだ。着替えの後、食事が出来たと呼んでも立とうとしない。ベッドの端に腰掛けたまま、しょんぼりしている。口の中で「どうしよう」「行かないと」などとつぶやいているようだ。

聞けば××さんと日本橋の高島屋前で持ち合わせをしている、なのに寝坊してしまった、間に合わない、でも行かないと、××さんが待っているんだし、と繰り返す。

これが介護の本で言う「本人には目的や理由があります」というヤツだなと思った。××さんは、父の友人の名として昔聞いたような気がするが、私の知る限り十年以上会っていないし、日本橋の高島屋だって十年以上行っていない。そもそもひとりで電車に乗って出かけることからして、絶えて久しいのだ。

が、そんな夢を起きる直前まで見ていたのか何か、父の中の「現実」では××さんと約束していて、この今、父を待っている。そして父は遅れてでも行かないとと感じているようだ。このままではたぶんご飯も食べないし、もし誰もいなかったら出かけてしまうケースかもしれない。

「××さん、高島屋の前にいらっしゃるの？」

私は聞いた。

「そしたら、私、××さんに電話するよ」

「なんて？」

「娘ですけど、父が急に体調を崩して行かれませんて。そういう事情だったら、××さん、わかってくれるよ」

私はイチかバチか父の携帯電話を手にとった。自分の家の番号を押す。ここで父が、なんで××さんの番号を私がそらで押せるのかと疑念を持ったらアウトである。幸い、訝しむようすはない。

父の目の前で、少々大げさに私は「通話」した。

「××さんですか。岸本の娘です。父がたいへんお世話になっております。申し訳ありません！　父が急に体調を崩してしまいまして、代わりにお電話を差し上げる次第です。××さんにくれぐれもお詫び申し上げるようにとのことでした。

はい？　……はい。……よかった！　どうぞこれからもよろしくお願い申し上げます」

通話終了ボタンを押して、

「よかった、××さん、気を悪くしていなかった。くれぐれもお大事にって」

父はホッとした顔をし、その瞬間、頭からそのことが落ちたように、以降××さんとも高島屋とも一切言わなかった。

嘘も方便と言おうか、心配事を払拭するには演技もだいじである。

帰宅したら、家の留守番電話に自分のおおげさな抑揚の声が残っていて赤面した。


「叱らないであげて下さい」


それからずいぶん経った冬の平日のある日、午前十時半頃、家で仕事をしていると電話が鳴った。この話は部分的に書いたことがあるが、介護中を語る上で抜きにできないので重複を許してほしい。

連絡はメールが主となっている今、電話が鳴るのはめずらしい。受話器を取ると、

「花屋の××といいます」

私は警戒心をあらわにした。花を頼んだおぼえはない。売り込みだろうか。

「××町にある花屋です」

「はあ」

「お父様がいらしていて」

ようやく呑み込めた。父が散歩のとき姉とよく行く花屋だ。寄ると父に椅子を出すなど、何

くれとなく親切にしてくれる。そこにいるということは。

　ふだんは父は二度寝している時間。姉が来るにはまだ早い。父はひとりで出かけてしまったのだ。貼り紙は功を奏さなかった。父の部屋にリビングのドアに玄関ドアにと何重にも「関所」を設けておいたつもりだが、素通りしてしまったのだ。

　ぶっきらぼうな口調から一転、平身低頭する思いで、

「すみません、すぐ行きます。もうしばらくお店にいさせて下さい」

　ダウンコートを着て、自転車に飛び乗った。

　ガラス戸の前で自転車を止めると、果たしてニット帽をかぶった父がパイプ椅子に腰掛けていた。腰から下のフリース毛布は、店の人が掛けてくれたものだろう。他にお客さんがひとりいて、店を営む三十代とおぼしき夫婦の旦那さんの方が応対している。

「よくわかったね」

　父が座ったまま私を振り向く。

「お店のかたがお電話下さったの」

　妻の方が私を店の外へ促し、手短に説明した。信号の向こう側を歩いているのが、ガラス戸越しに一度見えた。ひとりなのはめずらしいなとは思った。その後店の前の通りを来たがやはりひとりだったので、招き入れた。最初に見かけてからすぐではなかったので「結構長く歩いてらしたと思います。もしかすると一時間近く」。

送っていこうかと、おうちはどこかと訊ねたら「大塚」と答えた。兄と郊外の家に引っ越す前の住所である。私が以前注文したときの電話番号が残っていたので、かけた。父と散歩のときに寄り、タダで帰るのは気がひけるし、花は姉と来たとき買ったのがまだあるしで、自分の家の方に置く鉢植えを取り寄せてもらったことがある。

「叱らないであげて下さい」

私も動揺していてこのとおりの言葉だったかは覚えていないが、そういうことを花屋さんは言った。「はい」とうなずき、自転車だけ後で取りに来ることにして、店に入る。

「そろそろお暇《いとま》しましょう」

ニット帽こそかぶっていたが、父はコートを着ていなかった。肌着の二枚重ねにフリースの上下。それで歩いていたなら体は冷えたに違いない。自分のダウンコートを脱いで、父の体に巻きつける。状況を理解しない父は、散歩のつもりでいるようだ。通る家の庭木の形、カーテンの柄、しげしげと眺めて鑑賞する。コートを譲った私は非常に寒い。父が何かに目を留めるたび内心、

(気を散らさない!)

(もっと真剣に歩いて、早く家に着くよう協力して下さい!)

ぐいぐいと手を引っ張っていきたいところだが、そうしても早く着けるわけではなく足がもつれて転ぶだけ。じっとがまんの道中である。

（私は仕事を放り出してきているのに、庭木の鑑賞ですか！）

という思いもあった。悪気がないというのは、それはそれで周囲にとってやりきれないものがある。

家に着き、手を洗い温かいものを飲み、寝室へ行くところまで付き添い終えると、安堵がどっと押し寄せた。

奇跡的に熱は出ていない。鼻水も垂れていない。花屋さんには感謝だが、そこまでもよく無事だった。花屋さんへは大通りを渡る。曇り空に灰色っぽい服装。運転手には見えにくく、信号を無視していたら撥ねられることもあり得るケースだ。

今さらながらの空恐ろしさに、ベッドの端に腰かけた父を、私はドラマで家出した子を連れ帰ったばかりの母がするように、背を抱いてから、

「何も言わない。とにかく無事であってくれてよかった」

まっすぐに目を見て言った。

ここまでは散歩のごとく上機嫌でいた父も、何かを感じたらしい。急に神妙なようすになり、うつむく。たいへんなことをしたらしいこと、どうやら危なかったらしいこと、心配をさせたらしいことを察知したようで、それこそ家出を悔いた子どものように、

「もうしない」

と涙ぐんだ。

その瞬間の父の気持ちは真実であることを、同時にそれが将来の何も約束するものではないことも、私はわかっていた。

心の中で生きている世界

『認知症の人のつらい気持ちがわかる本』（杉山孝博監修、講談社）という本を読んで、挿し絵に描かれている女性に「あ、私はこれだな」と思った。がまんの形に口を閉じ、こめかみに青筋を立てている。心の中の台詞は「さっき言ったのに、どうして着替えておかないのかしら」。

横でおじいさんが困ったような顔をして、とまどいながらシャツに半分腕を通している。心の中の台詞は「なんだかわからないけど、怒っててこわい」。

こういうシーンはよくあった。散歩に出る前はそうだし、最初の頃は、朝の着替えでシャツを半分着たところで、台所のお湯かなんかがわいてその場を離れ、戻ってきて元のままだと、「後半分、シャツを下ろせばいいだけのところまでしたのに、どうしてそれをしてくれないんだろう」

と苛立ち、情けなくなることも。そういうふうに途中までして放置するのは、いけないことらしい。

本人は、介護者の思っていることを、たとえ口に出さなくても表情や態度から感じ取るという。
そう、悪気はなくとも父は天真爛漫にのびのびとか、本能のままとかにふるまっているわけではない。「怒っていてこわい」「なんだかわからないけど、自分の世話をしてくれるのはこの人だから、とりあえずここはおとなしく従っておこう」というふうに、力関係まで考えた取り引きをしているのかもしれない。一般社会の原理とは違うけれど、すぐれて社会的な世界を生きている。

本人は、同じことを何度言われても記憶に残しておくことはできない。が、そのとき抱いた感情は残る。再び叱られたくないという感情がはたらいて、失敗を隠したりごまかしたりしようとするそうだ。よい感情も、悪い感情も残る。「認知症の人の感情は老いるどころかむしろ、以前より研ぎすまされていると言ってもよいでしょう」と著者。

別のページにはこんな絵もあった。ベッドに横たわったおばあさんが、掛け布団を整える人を無言で見上げ、心の中の台詞は「親切にしてくれる人だなあ」「こんなにしてもらって幸せだ」。椅子に座ったおじいさんが、床に跪《ひざまず》いて足をマッサージしてくれる人を、表情の少ない顔で見つめ、「ありがとう。神様みたいだ」。

私は小さくのけ反った。「神様ってか」。父の足がむくんでいるため、似たようなシーンはわが家ではある。

著者の説明は「認知症の人は、だんだんと言葉も出てこなくなります。感謝の気持ちを伝えたくても、考えているだけで時間が過ぎ、忘れてしまうこともあるでしょう」。飄々としている父だが、世話されながら「神様」とまで思う瞬間もあるのだろうか。ぞんざいな扱いをしそうになるのを踏みとどまり、こめかみに青筋を立てている、どっちかと言えば般若に近い子のことを。

「人間性が試されるね」

いつだか姉が言っていた。父が私たちにきついことを言うことは、絶対にない。きついことを言いそうになるとしたら私たちの方だからと。

たしかにそうだ。

『「痴呆老人」は何を見ているか』（大井玄著、新潮新書）はさきの本と並んで、父の内的世界を知る手がかりを与えてくれた。

なにしろ直前の記憶が失われる、あるはずの物がない、ないはずの物がある、やったことをやってないと言われ、やっていないことをやったと責められるのです。そこでまず生ずる情動は不安といらだちの混じったもので、すぐ怒りや悲しみにも転化します。

認知能力（特に記憶力）が低下することで、現在の環境へのつながりが失われます。自分はどこにいるのか、なぜここにいるのか、今はいつなのか。つながりを築こうとする努力は報われません。つながりが感じられない世界は心象的によそよそしく、混乱し、理解できない様相を示しています。そこに生ずる情動は不安が主たるもので、たやすく恐怖へと成長します。

認知能力が衰えていくに伴うそうした不安、怒り、悲しみ、恐怖。それらを抱えながら、父は私たちに当たることなく、私たちのときに理不尽とも思える扱いや言動に異を唱えることもなく、ひとりで静かに孤独に耐えていたのだ。

私たちの知らないところで、なんと大きな仕事を、父はしていたのだろう。

お客さんが来る

お出かけ事件から、ひとりにしておく時間を作りにくくなった。特に花屋へは、朝の弱い父がふだんならとうてい起きない時間に出かけてしまったわけだから、驚きだった。

姉は平日も泊まり込むようになった。兄と交代して夜帰り、午前中早く来るのは体力的にきついし、わずかな間に「もしや、今、何かが起きているのでは」と気を揉むより精神的に楽だという。泊まりは泊まりで体力的にきついだろうが、「精神的に」と言うのは納得である。私も花屋の一件以来、家にいても電話が常に気になった。

平日の夜、昼を兄と姉で分けた当初のローテーションから、介護の態勢は変わっていった。外での冒険はなくなったが、父にお客さんの来ることはあった。家族と少数の近所の人とで成る単調な日々において、それはちょっとしたイベントだ。お客さんの名を仮に佐藤さんとしよう。

佐藤さんは私も二十年以上前から知っている、父の年下の友人だ。定年退職はしているから、六十半ばくらいだろうか。船舶の関係の仕事で、母が生きている頃も世界の土産物を持ってきてくれたり、横浜港に二人を連れていってくれたりした。甲板で二人を撮った写真が家にあり、少しまぶしそうにしながらも楽しそうに写っている。

佐藤さんの田舎の家まで、父と私で泊まりにいったこともある。長兄が後を継いでいる。鮭と大根おろしの汁物、鱈の煮付け、白菜漬け、芋茎《ずいき》の煮物など日本海の幸、山の幸、畑のなり物を堪能した私は、東京へ帰ってからもまねして料理を作ったほどだ。お兄さんからは父のところへ毎年、新米が贈られてきていた。

娘の知らないところでも、友人としてずいぶん父を助けてくれていたようだ。大塚にいた頃のことだと思うが、父が人にお金を貸してしまい、それを知った佐藤さんが驚いて、年寄りから言葉巧みに借りてそのままとは許せないと、他県まで回収にいってくれたと、だいぶ後になって聞いた。

郊外に引っ越してからは、昼間ひとりでいる父が「来ませんか」と電話することがあったそうだ。

「そのたびに行ったよ。さびしがってるからさ」

私には見せなかった父の甘えだ。「私は忙しい」バリアを知らずに発し、父に遠慮させていたのかもしれない。

「来ませんか」と急に言われても、佐藤さんの家からは一都二県にまたがる旅。その頃の父にはそういう判断はすでになくなっている。

今の家に移ったのを、

「ここは楽だ。近いから」

と佐藤さんはよろこんで、月一回は通ってきていた。

はじめのうちは姉も私も「父によくして下さる方だから、おもてなししないと」と思っていた。来る日時がわかっているならば、少し前に行ってお茶菓子の用意もしておかないと、と。

が、ある日姉が言ってきた。

「二人の方が気兼ねしないで、いいみたい」

電車の都合で姉が少し遅く着くと、佐藤さんはすでに楊柳のシャツにステテコという姿で、ビールを開けていた。寒がりの父に合わせて部屋の温度を設定すると、ふつうの男性には暑いのだ。私たちがいるとさすがに、いきなり半脱ぎにはなれないが、父と二人ならそれができる。

シャツの前をはだけてくつろいで、男には男どうしの世界がある。

女性の客のようにまずはお茶菓子という雰囲気ではなく、ビールなのもわかった。はじめの頃は父を近くの中華料理などに連れ出していたようだが、父の体力に合わせてだろう、そのうちお惣菜を買ってきて家で食べるようになったらしい。後で行くと、洗ったビール缶といっしょに寿司とか白菜漬けとかあんころ餅のパックが残っていて、佐藤さんの田舎の食を思い出し、なんとなく楽しいのだった。

慰問ではない楽しみ

台所の戸棚の下に、ボール紙でできた赤い鬼のお面が入っていたこともある。目のところに穴を開けて耳に輪ゴムを通した、学習雑誌のおまけにでもついていそうなものである。姉と首を傾げ合う。

「そういえば、おととい節分?」

「もしかして佐藤さん?」

掃除して帰ったようだが、リビングのカーテンの下から乾いた豆がひとつ転がり出てきた。

「優しーい」

姉と声を揃える。佐藤さんが買ってきて、豆まきをしたのだろう。佐藤さんがお面をかぶり、逃げる自分に当てるよう指示して父に投げさせたのかもしれない。父が喜び、脳細胞がはじけているのが目に浮かぶ。父にとっては大イベントだ。

父の認知能力の衰えは、一対一で話をすればすぐにわかるし、途中から紙オムツになったのも立ち上がるときの衣擦れの音などから、佐藤さんは気づいたはずだ。それでも月一回のペースを崩さないのは、かわいそうなお年寄りの「慰問」ではなく、友人どうしの楽しい時間があるものと、私は信じる。

父の住んでいるマンションはオートロックだ。家のドアだけでなく、集合玄関の自動ドアも、各戸の中から操作して開けないといけない。操作パネルのその部分に、

「佐藤さんが来たら押す」

と書いた紙を貼っていたが、父が操作できているのか心配になり、佐藤さんに訊ねると、顔なじみになったマンションの管理人さんが巡回から戻るのを待って通してもらっているとのこと。

「それはたいへん！」

集合玄関も家のドアも、佐藤さんに鍵を渡して自分で入ってきてもらうようにした。

ある日曜も、佐藤さんの来た翌日だった。父の誕生日のお祝いカードが置いてあった。

「佐藤さん、昨日いらして下さったのね」

「ああ、あの人来るとほんと楽しい。いっつも朗らかで」

定位置のソファで父。

「電話してみようか」

思いついて、父の携帯を持っていき、短縮ダイヤルを押す。

つながると、あれっという佐藤さんの声がした。この頃は携帯を操作することのなくなった父だから、父からかけてくることはないのだろう。

「なんて言うの？」

「昨日は楽しかったですねって」

こちらの側の会話から、佐藤さんは状況を呑み込めたようだ。

「そのうち遊びに来て下さい」父は私に促されたのとは、別のことを言った。「いつ来ますか？」

受話器の向こうで爆笑するのが聞こえた。

「昨日行ったばっかりじゃない」

父もつられて笑っている。

電話を切ってすぐ、父に訊ねた。

「佐藤さん、何て？」

「さあ、忘れちゃった」

その顔はこの上なく幸せそうだった。

いとこの訪問

介護の間に、女のお客さんも一回あった。母の姪である。仮に和子さんとしよう。

和子さんは母方の親戚の中でも、いちばん父と会っている。母と結婚したての頃は、和子さんはまだ短大生だかお勤めをはじめたばかりで、母をよく訪ねてきていた。多感な若い娘としては、長く独身でいた私の母を父にとられてしまったみたいで悲しくて、帰り際は「コートとって頂戴」などと母に向かってわざとぞんざいな口調で言って、母と自分の親しさを誇示したという。母も父もそんな娘心を受け止めて、無礼をたしなめるでもなく「はいはい」と鷹揚に接していたと、これは和子さんから聞いた話だ。母の出産前後は、家に手伝いにも来てくれていた。

私の家の近くに父が引っ越してきたのを機に、ぜひ一度となり、ある日曜、最寄り駅の改札で待ち合わせた。私もしばらくぶりである。

お土産の荷物を両手いっぱいにして改札の向こうに現れた和子さんは、私が子どもの頃の印象とは異なりふっくらして、頭は銀色に近い白髪だった。私にはいとこにあたるが、考えてみれば七十過ぎ、母の亡くなった年齢に近いのだ。

父は家に置いて、私ひとりで迎えに来ていた。

家に案内すると、和子さんは父との再会を喜び、父の顔色を褒め、家を褒め、私が出した紅茶を褒めた。お土産のチョコレートを出し、その味を、包み紙のきれいさを三人で堪能した。話の内容はほとんど記憶にないが、とにかくずっと喋り通しで、その頃は父も比較的元気だったから、せっかくだから私の家へも行こうとなって、三人でタクシーで移動し、その近さをまた褒め、こういうシーンで誰もが言うだろう「スープの冷めない距離」の話になり、二人で盛り上がっているのを幸いに、私は二人を家に置いて、自転車で夕飯のお弁当を買いにいった。

「あらー、そんな、叔父様お疲れになるから、すぐお暇するつもりだったのに」

と身を揉むように恐縮しつつ、両方の家で合計六時間滞在し、たっぷりと笑って喋って帰っていった。しばらく会っていなくても親戚とはこういうものなのだと、うれしい興奮の残る中、私は胸にしみて思った。

和子さんと別れ、父を再びタクシーで家に連れ帰る。ソファに身を沈めてからも、父は消耗したようすはなくむしろ、頬が紅潮し、細胞のはじけた状態が続いているのがわかった。

「楽しかったわねー」

声をかけると「ほんと」と同調してから、

「あの、たいへん人懐こくてかわいらしいご婦人は、どなた?」

と訊くので、私はひっくり返りそうになった。知らずに六時間も話していた? 途中二人だけの時間もあったのに、よくぞ会話が続いたものである。

和子さんよと言うと今度は父が「えーっ」とのけ反った。「和子さんって、あの和ちゃん？」。父にとっての和子さんは、いちばんよく会っていた頃のほっそりしたお嬢さんのままなのだ。

伯父と再会

父の家に父の兄を迎えたのは、室内でも車椅子に乗ることが多くなっていたから介護もだいぶ進んでからだ。父は九男一女とたくさんのきょうだいに恵まれたが、存命なのは父を含めて二人だけ。その兄を仮に達夫、父を秀夫としよう。

父と違って達夫はスポーツマン。槍投げでシニアの陸上競技会に出ており、父と私で応援に行ったことがある。そのときでたしか八十歳代の部であった。今はいくつになるんだか。

「達夫伯父さんって、いるじゃない」

ある日曜、父に話題に出す。

「お父さんのお兄さん。ほら、小石川植物園で池にはまるかなんかしたとき、親切に世話を焼いてくれたとかいう」

介護がはじまってから今より言葉数が多かった頃、父が語っていたのだ。あの伯父さんははっきりとものを言う人だからとっつきにくいかもしれないが、ものすごく細やか。小さい頃二人で近所の小石川植物園に遊びにいって自分が池にはまったとき、達夫伯父さんはほんとうに心配して、水道のところへ連れていって泥を洗い落としてくれたり、家までずっと手をつないで帰ってくれたりしたのだと。

昔のことはよく覚えているってほんとうなのだなあと感心し、子どもながらの伯父のお兄さんぶりにも感心しつつ、

「いくつ違い？」

と訊くと、

「二十くらい」

いくらなんでもそれでは、伯父は百十歳になってしまう。

再会の手はずは、伯父の息子と私との間で進められた。息子といっても六十は越えているはず。が、まだ仕事を現役でしており、週末も必ずしも休みでないようだ。やりくりし、かなり前もって日を定める。

近づくとメールを頻繁にやりとりした。お菓子を持っていきたいが、何なら食べられるか。車で連れていきたいが、駐めるところはあるかなど。九十代の老人どうしのこと。やっと決まった日取りだが、どちらかが少しでも体調がすぐれなければためらわず延期にしようなどと申し合わせる。

達夫伯父はさすがに今は足腰が弱まり、陸上競技会も引退したが、頭は相当はっきりしているようだ。一週間前に息子から来たメールでは、「秀夫ちゃんのうちに行くのはいつ？」と訊

くので「××日だよ」と答えると「じゃあ、後一週間だね」と言ったとのこと。今日が何月何日かをわかっている！

当日出発前に来たメールでも、伯父は今日がその日で何時に家を出るかを覚えていて、十五分も前から車のそばで待っていたらしい。すごい！

弟との再会をこんなに楽しみにしてくれているのに、父が兄とわからなくてがっかりさせやしないか心配し、

「今日は達夫伯父さんが、ここへいらっしゃいますからね」

「今、家をお出になったって。達夫伯父さんが」

「もう着く頃よ。下へ迎えにいきましょう、達夫伯父さんを」

選挙運動のごとく連呼して、父に刷り込みを図ったのだ。

社会性の発揮

車椅子の父とともにマンションの集合玄関前に出ていると、自家用車が来て止まり、伯父の息子が開けた後部のドアから、達夫伯父さんが現れた。その瞬間の父の反応に驚いた。

車椅子から立ち上がり……はしないものの、腰を半分浮かしかけ、「お懐かしい……」と涙ぐんだのだ。さすがきょうだい。わからないのではなんて、杞憂であった。

ところが伯父の方は、車を駐車場に置いてくるためいったん息子が去った後、私は伯父の腕をとり支えようとするが、「いや、結構です」「だいじょうぶです」と妙に他人行儀である。集合玄関内にお連れしても、息子の戻るまでの間周囲に注意深く視線を配り、ここはどこで、なぜ来ているのかの手がかりを得ようとしているようだ。

家に入り、持ってきてくれたお茶菓子を中央に、ダイニングテーブルを四人で囲む。父は「お懐かしい」「お元気ですか」を繰り返しているが、なにぶん父の声は小さく、伯父の耳は遠い。私が「拡声器」の役割をして声を張って言い直したり、息子が持参のホワイトボードに書きつけたりして、伝える。

ホワイトボードに九男一女の名を書き出し、「これが、この人」と、秀夫の名と父を指さすが、目の前のちんまりした老人が自分の弟とは、どうしてもピンと来ないようだ。それはそのままにして、息子と私とが主導で会話が進む。二人の日頃の生活について。何時頃起きるか。ごはんはどうしているか。デイサービスは行っているかなど。

息子の言うには、伯父も人とすぐにうち解ける方ではないのでデイサービスはどうかなと迷ったが、習字のクラスがあってそれがたいそう気に入ったらしい。

「秀夫叔父さんも行ってらっしゃいますか、デイサービス」

息子が父に訊いたとき、私はお茶の替えを入れに立ち上がったところで、そのときの父のようすが印象的だった。

「あ、はい」曖昧な笑みを浮かべてうなずきながら、目で私を探し「行っておりま……す……が？」と彼の方へ返事をしつつ、これで合っているか？　と問いたげに見たのである。

父は感じているのだ。自分がもしかしたら問いを理解しておらず、変なことを言うかもしれないことを。それを内心おそれつつ、でもわかりませんとは言わずに上手いこと間をとりながら答え、私に確認している。

痛々しいと思うべきかもしれないが、介護の進んだその頃としては、私はむしろ頼もしいと感じ、誇らしくすらあった。父の中の社会性にふれる思い。わかりませんとは言いたくないという自尊心も、巧みにヒントを求めつつその場を乗り切るテクニックもあるのだ。

私は無言で父に大きくうなずいた。父の瞳に生き生きした光が宿った。

「お宅様も習字をなさるんですか」

と伯父。相手が誰だかわからないながら、共通項を見つけたと思ったらしく、そこから会話へつなげようとしている。伯父は伯父の社会性の発揮である。

肉親の情

父の幼稚園の頃の写真が箪笥の抽斗にあったのを思い出し、ダイニングテーブルまで持ってきた。池にはまって伯父が世話を焼いてくれた頃と近いだろう。

伯父は目の前の父と、やはり結びつかずにいるようだ。

また思い出し、祖父の写真を持ってきた。伯父も父も写っていないひとりの写真だが、伯父は見てすぐ、

「あ、オヤジ」

息子と私は、おお！　と声に出しこそしなかったがその形に口を開けて、目を合わせた。弟はわからなくても、親の顔はわかるのだ。

父にとっての「和ちゃん」が若い娘のままだったように、伯父にとっての父は池にはまって泣いていた小さな弟のままなのかもしれない。

だいぶ後の話になってしまうが、父の葬儀は介護をしていた子どもたちと孫たちだけで執り行い、親戚には最後のお別れをしていただく機会がなかった。

伯父と対面したのは、お骨になってからである。私の家のコーヒーテーブルを白い布でおおい祭壇ふうにしたところへ、父の写真と白い布でくるんだ箱を並べ、息子夫婦に伯父を連れてきてもらった。

「秀夫叔父さん、亡くなったんだよ」

息子が言うと、叔父は箱を少しさすって、

「かわいそう」

とつぶやいた。

それから例のホワイトボードを使い声を張り上げお喋りしたり、姉も交えて皆でお弁当を食べたりしているうちに調子が戻り、笑い声も出るようになった。

伯父は九十六歳という。

帰る頃はさすがに疲れが見てとれて、息子が車を前に回してくる間、玄関先に椅子を置いて座っていてもらった。

車が来て立ち上がるのを介助するとき、ふいに肉親の情がわいた。というより、父の介助でしていたように両腕で胴を抱えてみて、身の内にふいにわいたものを「あ、これが肉親の情ってものなのだな」と思った。父の体はもうないが、同じ親の血の流れている人が、たしかな体温を持ってここにいる。その体は小さく軽かった。

背中に回した腕に力をこめて、耳元で言う。

「必ず必ず……」

これくらいの声では届かないのだと気づき、ホワイトボードに書きつけ、伯父の前に立てる。

「必ず必ず、また来て下さいね！」

「百まで生きる、百十まで生きる」

高らかに言う伯父の頬から、あの細胞のはじける音が聞こえた気がした。

8章

介護保険を利用する

住民票をどうしよう

親の話を同世代の人としていると、

「お父さん、要介護いくつ」

とよく聞かれる。認定を受けていないのでわからないと言うと、

「えーっ、介護保険使っていないの」

と驚かれる。続いて必ず、

「使った方がいいよ、楽になるよ。ケアマネさんがいろいろ教えてくれるから」

私も人に関わってもらうことには積極的だ。今の家に住むことにしたのからして、この市が高齢者福祉が充実していると聞いたからで、将来は公的ケアを受ける気満々である。

新聞記事では、家族で抱え込んだ末行き詰まってしまうという例によく接する。愛情よりもプロの知恵という局面も、長い介護のうちにはあろう。

が、介護保険の申請以前に、父の住民票がこの市にはない。引っ越してくる前の郊外の兄の家になっている。はじめは「半々ずつ行ったり来たりしてはどうか」という提案だったのが、なし崩し的にこうなった経緯もある。

住民票を移してはどうかとは、父がもう向こうに戻ることは無理そうとなったとき一度兄に

話したが、そのときはまだ受け入れ態勢になかった。「ああ、それはなんとかかんとか」と早口で言って首を振り、それ以上詰められない雰囲気だった。

「なんとかかんとか」の部分をもう少し詳しく聞いて、ひとつひとつ解決していけばだめな理由はなくなるかもしれないが、そこは感情面の遠慮がある。ずっと同居してきた兄から父を、結果的に引き離すことになっている。兄も「これが現実的で、父にとってはよい選択」と思いつつ、気持ちの追いつかない部分もあろう。

保険とか税務といった所帯経営でも、長年それでやってきたかたちが出来上がっているはず。父の世話に後から参入した私がむやみにかき回すわけにいかない。

なのでそれ以上踏み込まずにいた。

「住民票を移さなくても、介護保険は受けられるよ」

地方出身の知人は言った。実家でひとり暮らししているお母さんの具合が悪くなり、急遽呼び寄せたという。

ただし申請などの窓口は住民票のある自治体になるので、そのやりとりがたいへんだと思うとのこと。

家に人が入るということ

姉の意見を聞いてみた。姉がまだ泊まらずに通ってきている頃で、行き来も含めていちばんたいへんなのは姉だろう。週に何日かでも、一回何時間かでもヘルパーさんに来てもらったら、負担が少しは減るのでは。それと、兄、姉、私のローテーションにヘルパーさんが加わることで、週末のどっちか行かなくていい日が出てくるかも、という下心というか、手前勝手な期待も正直あった。

が、案に相違して姉も難色を示した。

「たまたま見てしまったからね、目の前で」

この近くのスーパーへひとりで買い物にいったとき、お年寄りと派遣されて付き添っている人らしい二人がいて、その人の言葉に、「えっ、こんな言い方するの?」と驚いたという。具体的には語らなかったが、それは姉の心を萎えさせるのに充分だったらしい。

「密室状態だし、本人は何があったか言えないから」

そういうリスクもあるわけか。私は自分が楽をすることばっかりに頭が行って、介護の質については割と楽観視していたが、姉はそこまで考えるのだ。

姉の知人で介護施設で働いている女性の話も、人の手に父を委ねるのを尻込みさせるもののようだ。たしかに介護施設での虐待のニュースもときどき報じられる。

人に来てもらうだけではなくて、例えば紙パンツ代とか理容券のようなものも介護保険で出るかもしれないよ……と言いかけたが、姉と兄が消極的である以上、父のために誰よりも時間を使っていない私が口出しできるものではない。

介護保険も住民票の問題も沙汰やみになり、私は胸の内に「使えばいいのに。でも介護にいちばん貢献していない私は言える立場にないし」という思いを抱えていた。

体験者の話

が、何事にも機が熟するということがある。父の衰えが徐々に進んで、ひやっとする瞬間や「これはもう、シロウトの対応では難しいんでは」と不安がよぎる瞬間を、おそらくは三人それぞれに経験し、受け入れの素地が醸成されたのだと思う。

「介護保険には、それほど積極的ではないんだよね？」

姉と二人のとき再度話題に出してみると、

「そんなことないよ。申請してくれたらいいのにって思ってるよ」

「えっ」

互いに目を大きく瞬いた。前とずいぶん異なる印象だが、私がどこかで激しく勘違いしていたかもしれない。

申請して「くれたら」、と言うのは保険などの対外的なことは、長年同居してきた兄が管理しているためだ。

もう一度兄に持ちかけてみるかと思ううち、さらなる展開があった。正月に兄が実家に帰って聞いてきた話が、後押しした。

先述のとおり兄は養子に来た人で、実家ではお母さんが存命であり、他のきょうだいと暮らしている。お母さんは父より年上ながら、頭ははっきりしているためか、九十過ぎても外の人のケアを受けるのは絶対嫌と言っていたそうだ。

それが正月に訪ねてみたら、ヘルパーさんをすっかり気に入り、その人でなければ散歩に行かないほどになっていた。手の貸し方、車椅子のときはその押し方、すべてがその人の方が心地いいらしい。

変われば変わるものだと、あっけにとられて戻ってきたという。体験者の話に、兄の心は動かされたようだ。

「申請だけでもしてみましょうか」

この機を逃さじと私は言った。

「申請したって、すぐに認定が下りるわけでもないだろうし。認定が下りたって、使わなきゃいけないってわけでもないし。何かあったとき、それから急にあたふたするよりは」

「そうですね。とにかく住民票を移しましょう。正月明けに私、市役所へ行きます。そこでいろいろ聞いてきます」

私は再び目を瞬いた。介護保険への申請へ持ち込めればと思っていたのが、いっきに住民票もとは。

父の荷物を運び入れたときと同じく、決めたら早い人なので、一月第一週の平日に休みをとって転入届けを出し、介護保険の相談までしてきたらしい。

「いやー、すごく親切。丁寧に教えてくれた」

山のように……というのは言い過ぎだが、たくさんの書類を持ってきた。

この家に引っ越してくるときと同じだ。気を揉むばかりで事態は動かず、もどかしさと一人角力をとっているような虚しさがあったが、ふとした拍子にあっけないほど簡単に前へ進んだ。

この場合は、体験者の話が前へ押す力となった。

要介護度の認定を受ける

要介護度の認定では、本人が他人にいいところを見せようと頑張りすぎ、実際より軽めのグレードになってしまったという話をよく聞く。父も人にいいところを見せようとする傾向がある。私はそれをおそれて、

「今度お客さんが来るの。この家でお父さんが暮らしやすくするために、いろいろ考えて下さるんですって。お父さんにもものをお訊ねするだろうけど、困ったことは何でも言ってね」と前々から口を酸っぱくして言っておいた。

当日は兄と姉が立ち合うことになった。

「百ひく七はいくつですか、とか聞くのかな」と私。100－9＝93, 97－7＝と順に引き算していくもので、衰えを判定するのに用いられるといわれる伝説的な質問だ。

兄と姉も天井を見上げて暗算したが、三人とも眉をしかめるばかりであった。

当日帰宅後、ようすを聞きにいった。

「どんな感じだった？」

「それが、いかにも」

「いいい」

「らしいのよ」

兄も姉も笑い出す。

聞き取りは「お名前は？」からはじまった。お仕事はと訊かれると父は、

「はっ、××に勤めておりました」

父の経歴の中でもっとも輝かしいと思っておりり自尊心を満足させるのであろう、五十年前の勤務先を、よそゆきの声で言った。生年月日も答えた。

次の「お年は？」からあやしくなった。

「さあ」と首を傾げ「忘れちゃった」と笑った。

「今はいつですか」の問いには「夏」と答えた。冬のどまん中である。

そこでだいたい判定がついたということか、有名な「百ひく七」はなかったという。父は変にとりつくろわず、ふだんどおりの忘れぶりをいい感じに発揮してくれたらしい。

見方を変えれば、父の社会性の発揮かもしれない。父も私と同じで過剰協調というか、サービス精神ややありすぎのところがある。お客さんも来ていることだしその場の雰囲気を悪くしないよう、「忘れちゃった」の答に笑いを付け加えたのかもしれない。それはまた自尊心の現れともいえそうだ。失敗や弱みのあるときに、笑って言ってしまう方が自尊心を損なわれない。そうした防衛めいたものは、私たちの日常でもよくすることだ。

後日通知されたグレードは「要介護3」だった。

「あら、よかった。2か3かなと思っていたけど、3が出たのね」

ケアマネージャー（以下ケアマネさん）となった女性は、姉と手を取り合わんばかりに言ってから、

「よかったわねって言うのも変だけど」

と口調を改めた。要介護のグレードは1～5まであり、数字が大きくなるほど多くのサービスが受けられる。家族によっては「そんなに深刻だなんて」とショックを受けてしまうそうだ。うちは実利主義なので、数字で動揺することはなく、

「認定の重めに出るのは歓迎で、実際の状況は軽くなっていってくれて、乖離が広がればいちばん望ましいわけで」

との私の発言は、つい調子に乗ってしまったがゆえの不謹慎なものかもしれない。

私たちがよろこんでいるのを見て、父もうれしそうにしていた。父にとっては話の内容そのものより話している雰囲気の方がだいじなようだとは、介護の間何度も感じていたことだ。

後で調べると要介護3のめやすは、立ち上がり・歩行が自力でできない、排泄・入浴・衣服の着脱などに全面的な介助が必要とあった。

手すりをつける

ある昼間、姉から電話がかかってきた。介護保険で自宅に手すりを取り付けられるとのことで、形式上家の持ち主の私に、了承を得る電話だ。こういうことができるように買った家！日頃介護に貢献していない私は、ようやく面目躍如である。

次の週末行くとトイレの壁に、定規で引いたような線が縦横にあった。理学療法士さんだか作業療法士さんだかが来て、父の実際に立ったり座ったりだとか、室内での移動曲線とかに合わせて、手すりを要する場所や取り付ける高さまで決めていってくれたそうだ。

「バリアフリーリフォームは早まらないで！」とファイナンシャルプランナーの人が言うのが

うなずける。元気なうちにリフォームしてしまう人が多いが、実際にどこがどう不便になるかは、衰えてみないとわからないからと。

トイレの左右の壁、風呂場、出入口と「ここここそあってほしかった！」と思うところに取り付けた。風呂場など父がつい、タオルかけにつかまってしまい、そこは大人の体重を支えきれる強度はないから、

「そこは危ない、ここ、ここ」

身を預けきる前に自分の肩につかまり直させるなど、ひやりとする思いを何度もしているのだ。

十八万いくらの請求書が来たが、実際の負担額は一割。なんと一万八千円で手すりが取り付けられるのだ。しかも完全カスタマイズで。介護保険のありがたさを感じた。

ケアマネージャーさんは「知恵の泉」

ケアマネさんは四十代後半か五十過ぎと思われる女性で、とにかく頼りになる。ショートカットで化粧気は少ないが頬がつやっつやして、NHKのアナウンサーで私の好きな桜井洋子さんにどことなく似ている。服装は動きやすいパンツにスニーカー、固太りの背中にいつもリュックをしょって、介護用品のカタログだの書類だのがいっぱい詰まっている。

介護に関する「知恵の泉」。聞けば何でも知っている、いろいろ出てくる。介護の間には本人の状態があれこれと変化する。状態に合わせ、あるいは新たに出来《しゅったい》した事態に応じて、「こんなものがあるのよ」と教えてくれる。

資格取得試験への合格が必要な、専門性の高い職種で、しかも受験には介護の現場で一定以上の期間働いた経験が必要。机の上の勉強だけではつけない職種なのである。

私の家に証券会社の男性が来たとき、同世代のこともあってか彼は「私事ですが実は父が……」と洩らし、お父さんが脳卒中で倒れ、病院でリハビリ中だが後遺症は必ず残る、母も年老いており、退院後の日常生活をどう支えたらいいかとの不安を吐露した。

私はすかさずこう言った。介護保険を申請しましょう、ケアマネさんという人がつくからその人を頼りましょう、その人が教えてくれます、と。

私が父の入浴でひやっとすることに対しては、浴槽内に敷く滑り止めマットを教えてくれた。お風呂場で使う椅子も教えてくれた。これは大重宝。

市販の風呂用腰掛けは低すぎて、腰を落とすのも立ち上がるのもたいへんだったが、こちらは高く背もたれもあり、立ち座りが容易。金属部分は錆びつかず、腰掛けたまま体を洗えるのは当然のこと、合成樹脂の座面に滑りにくい加工も施してある。浴槽内マットだって、浴槽に身を沈めていてから立ち上がるとき、何度つるんといきそうになったことか。もっと早くその存在を知っていれば!

室内の歩行が危なっかしくなってからは、歩行補助具も導入してくれた。これまた便利。軽量の金属でできたフレームで、形状の説明が難しいのだが、ひとことで表せば脚が四本の杖と言おうか。

脚の付き方は椅子に似ていて、左右に二本ずつ。右の手前と奥の二本、左の手前と奥の二本は縦のフレームでつながっていて、左右それぞれの手で握れる。さらに奥の右と左の間に横にフレームが渡されて、体がそれ以上前へ行かないようになっている。

本人は縦のフレームの間に体を入れ、握った部分を左右交互に少しずつ前へ出すようにして進む。体重を四本の杖で支えるも同然となり、安定感がある。

歩行補助具で思いつくのは赤ちゃんのサークルだが、サークルと違ってこれは車付きではない。高齢者用でも車付きのはあることはあるが、力のかかり具合で補助具だけ走ってしまい、父にはかえって危ういそうだ。

四本の杖をつきつきフローリングの上を歩くことになるから、下の階には響くはず。頭の上でいつも、かったんかったん音がするわけで、家で書き物をしている私だったら気になって仕方ないと思う。申し訳ないこと限りない。せめてもの罪滅ぼしで、ゴムキャップを買ってきて脚の先にかぶせた。

マンションの管理組合の役員を持ち回りでつとめないといけないのだが、一〇一、二〇一、三〇一……のように上下階の人が組であたることになっており、下の階の人はそのたびに、

「すみません、子どもたちがいつも騒いで、それをまたうちのが大声で叱ってご迷惑をおかけしています」

と恐縮なさるが、

「とんでもない、こちらこそ、かったんかったん歩き回るし、しょっちゅう物を倒すしで」

迷惑は上から下の方が絶対に多くかけている。この上下階で役員を同じ時期につとめるようにするのは、よい制度だと思った。月にいちどは役員会で顔を合わせるのでコミュニケーションがとれる。マンションの音の問題では「あ、あの人がこういう状況で立てている音か」とわかると、同じ音量でもストレスが和らぐと聞く。

介護機器いろいろ

この歩行補助具は歩くときのみならず、ベッドやソファから立ち上がるのにも役だった。父の前に歩行補助具を据え、私が上から床に押しつけ傾かないようにしておいて、本人はフレームにつかまり体を引きつける。手を持って引っぱり上げるより、本人は自分なりの体の使い方ができ、私も腕を痛めずにすむ。手首から先にぐいと力がかかるより、フレームに体重を均等にかけておくだけでいいから、はるかに楽だ。

病院通いするようになると、移動に車椅子を使うようになった。

やがて室内の車椅子も使うようになる。それもリクライニングの効くもの、ベッドへ体を移しやすいものへと変わっていった。

ベッドも電動で上体を起こせるもの、介護のしやすい高さに調節できるものへと変わる。五年間の間にも体の状態、とれる姿勢、できる動きは変わっていく。それに合わせて一回一回買い替えていたら、破産していた。レンタルできるのがありがたい。

しかも状態に合わせて「こんなものがあるのよ」とケアマネさんが提案してくれる。レンタルでない買い取りのものでも、例えばお尻を清潔にするシャワーボトル。

やわらかな合成樹脂のボトルで、口にはじょうろのように細かい穴がたくさんあり、湯を入れてボトルを押すとそこから飛び出て、簡易シャワーの役割をする。首は細長く伸びており、父が便器に座ったままでも、後ろの方まで湯が届く。

前はトイレのウォシュレットで洗うか、それで不充分なら思いきって風呂場に連れていくか、タオル一枚潰す気でお湯を含ませてきて拭くしかなかった。こういうものがあるなんて！　ケアマネさんに教えてもらわなければ知り得なかった。

寝たまま排泄をすることが多くなってからは、防水シーツ。これがなかったらベッドマットにまでしみ込み、にっちもさっちも行かなくなったことだろう。

食べこぼしを受け止める防水ケープ。衣服の洗濯量を減らしてくれるし、それは脱ぎ着の回数を減らしてくれることでもある。脱ぎ着は本人にも負担だし、介護者の体力と時間も多くとる。

顎のカーブにフィットするカップ。本人が起きられないときうがいをしたり、風邪のとき痰を吐いたりに使える。

状態の変化がめまぐるしいときは、週末に行くたび新しいものが登場していた。どんどん増えていくのは不安だが、ケアマネージャーさんが、

「点数内でこれが使える」

「これとこれで迷っているなら、Aは点数が出てしまうから、今はBを使う方がいい」

などと提案したり優先順位をつけてくれたりする。

とろみをつける粉というのもあった。ケアマネさんによれば水やお茶は、容易に喉の奥へ入ってしまいむせやすく、案外危ないそうだ。この粉の便利なのは、熱を通さなくても、常温の飲み物であってもカップにじかに振り入れて使えるところ。片栗粉のように、くずあんを練る要領で鍋を火にかけ煮溶かすことをしなくていいのだ。

介護器機がカラー写真入りで載った分厚い冊子があり、介護後半では常に家に置いてあって、姉や姉の息子とよく覗いた。

「これ、今のおじいちゃんにどう思う？」

「うーん、ちょっと合わないんじゃない」

「これなんか、よく考えたよね」

「原理はわかるけど、稼働スペースがとれないよ」

などとカタログショッピング気分で品定めをするのだった。

モノ以外のちょっとした工夫もケアマネさんは教えてくれた。例えば父の家では加湿器を使っていた。空気が乾燥しているとインフルエンザになりやすいというから、かなり注意して。父が起きている間は、リビングの父の定位置であるソファのそばに。ポリタンクにカバーをかぶせ、まん中の口から冷たい蒸気の出てくる簡易なものだ。

不思議なことに、ベランダで干し物などしてリビングに戻ると、蒸気の止まっていることがある。ポリタンクはさっき満たしたばかりだ。吹きだし口の部品が外れて、カバーの上に乗っている。部品をはめ直すと再び蒸気が出る。

そんなことがたびたび起こる。

部品を見つけて、

「どうしたんだろう。知ってる？」父に聞くと、

「知らない」

私は父が外してしまうのではとひそかに疑っていた。目の前で白い煙のようなものが出ていると何だろうと思い、ソファからつい手を伸ばしてしまうのでは。いじってみて出なくなると落ち着き、それきり忘れるのではと。が、本人が知らないと言うかぎり追及するわけにいかず謎である。

が、乾燥してしまうのは困る。家族のすぐ気づくリビングならまだいいが、寝室で同じことをしてしまうと心配だ。

「濡れタオルがいいって」

姉がケアマネさんから聞いてきた。

「濡れタオルをベッドのそばに掛けておくといいって」

歩行補助具のフレームが、ちょうどいい夜間のタオル掛けとなった。

滴るくらい濡らしても、明け方には板のようになっていて折ると音がするほどだ。父の寝室はひと晩じゅう床暖房をつけている。エアコンのような風が出るわけでなくても、これほど乾燥するものなのだ。

担当者会議

家に人に来てもらって受けられるサービス、施設に出向くサービスについても、ケアマネさんが情報を持っていて、相談できた。

入浴の介助の人を頼むこともできるという。

リビングのダイニングテーブルで姉とケアマネさんがそう話していたら、冷蔵庫に牛乳を取りにきた姉の息子が、

「俺はまだできるよ」

と言った。

その頃は姉や私の力では危なっかしく、姉の息子が主に入れていた。ケアマネさんは感心していたが、姉によると「何時に人が来る」と決まるというのも結構気ぜわしいそうだ。必ずその時間にいないといけないし、寝不足だろうが何だろうが起きていないといけない。

それは私もすごくわかる。私は通院の付き添いを担当していて、そのときは前もってタクシーを予約するのだが、私が遅刻できないのはむろん、父の状態の方もある程度整えておく必要がある。一時間半以上前から準備をはじめるが、なかなか目を醒まさなかったり、布団をはがしてみればお尻全体を拭く必要があったり、身支度を終え立ち上がると腹に入る力でもってまた便が出てしまったりと、何かと追われる。

入浴のできるデイサービスもあるそうだ。が、迎えが来るのに合わせて準備するとき同じことが起きる。そう話すと、

「準備しておかなくてもいいの。デイに送り出す支度をするヘルパーさんというのもあるの」

とケアマネさんが言い、姉も私も驚いた。よく考えられている！

が、課題もある。ヘルパーさんに入ってもらうために中から開けないといけないが、それは父にはできないのだ。結局誰かがいなければならないことは変わらない。

「私たちは鍵を預かることはできないのよ」

とケアマネさん。ひとり暮らしの私が年をとったらこれはネックになるだろうなと思った。今増えているという独居の高齢者はどうしているのだろうか。

担当者会議というものが二ヶ月に一度行われる。ケアマネさん、機器をレンタルする事業者、後に訪問看護に来てもらうようになってからは看護師さんなど、父の介護に関わる人が一堂に会して現状と課題を共有し、知恵を出し合う。自宅のリビングでダイニングテーブルを囲んで話すのだ。父本人も室内用車椅子をテーブルに付けて参加する。姉がいつもそれに当たってくれて、私は数回出席した。

兄は仕事で参加できないことを気にして、

「皆さん集まるんならケーキを買っておかなくていいかな」

とそわそわしたが、

「あー、そんな雰囲気じゃない、ない」

と私。それぞれのスケジュールで動いている皆さんがその時間だけ集まり報告、相談をし合うから結構忙しない。気配りの人である姉が人数分の紅茶を入れようとして制止されるほどである。

「これから岸本秀夫さんの担当者会議をはじめます」ケアマネさんが開会を宣言し、てきぱきと進められる。

ひとつテーブルに着きながら、窓の外など眺めている父の姿に「これは本人が参加しているという形がだいじなんだ」と思った。早口で話される内容はわからないだろうが、本人にすれば、自分のためにいろんな人が知恵を絞ってくれていると感じられること、カヤの外に置かれていないと感じられることがだいじなのだろうと。

デイサービスの話も出た。

「デイは女性が多いわね、どうしたって女性が長生きだから」とケアマネさん。「でも岸本さんなら溶け込めそう。これくらいの年の男性って威張った感じの人が多いけど、岸本さん優しい雰囲気じゃない。モテるわよ、きっと」。

突然「うふふ」と声がして、仰天した。父が笑っている。とうに飽きていると思っていたのに、ちゃんと聞いている。しかも「モテる」なんて、うちでは使ったことのない言葉の意味をわかっている。

変な話はできないなと、つくづく思うのであった。

9章

入院、退院、また入院

だいじなときに連絡とれず

介護の間には入院することが何度もあった。

多かったのは、胆嚢炎だ。ほとんどが胆石が詰まることが原因で、腹痛と発熱が主な症状だが、高齢者では症状がはっきりせず、なんとなくぐったりしている、食欲がないといったようすがサインのことも多いという。放っておくと、胆嚢が破裂したり、炎症を起こしている細菌が全身に回って敗血症となったりし、死につながる危険もあるそうだ。

最初は、梅雨明けから間もない、蒸し暑い週末のことだった。

その週末、私は介護が休みとなっていた。今はしていない仕事だが、大学の通信教育のスクーリングで、夏の二日間だけ午前午後にわたり集中講義をするのである。

机に座って書いているふだんからすると、慣れない立ち仕事。一日目が終わった時点で、脚がパンパンにむくんでいた。声を張ってひとり話し続けることにも消耗し、

「先生方はこれを毎日しているのか」

と驚愕する思いであった。私はやや対面恐怖症っぽいところがあり、同一空間に人がいて皆の顔がこちらへ向いている状況だと、不必要に神経をすり減らしてしまうのだ。

一日目からこうでは身が持たない。とにかくこのむくみをとって、昂ぶりも鎮めて明日に備

えようと、最寄り駅で電車を降りてそのまま駅ビル内にある足もみマッサージに行き、ジムに寄って風呂に入ったのである。

元の服を着け、ジムの飲食スペースで自販機で買ったドリンクの栓を開け、久々に携帯をバッグから取り出せば、姉からの着信履歴がある。こちらからかけると、つながった。

「あー、ごめん、今日朝から外に出ていて、電源も入れていなくて……」

姉が何か着替えがどうこうのような話をしていて、風呂上がりでぼうっとしている私は、すぐには頭が回りはじめなかった。そのうちに、え？　あれ？　あれ？　という感じで、遅まきながら事態がつかめてきた。

どうやら父が入院したらしい。その前提で着替え云々と言っている。

話の断片をつなぎ合わせたところでは、金曜の夕方、兄と家にいたとき具合が悪くなり、近くのクリニックで薬をもらったものの晩もおもわしくなく、土曜、すなわち今日の朝、兄が出勤をずらして病院へ連れていき、入院となって、姉が引き継いだ。姉の声がおっとりしていることからして、今は症状は落ち着いているようだ。姉はすでに二回病院と家を行ったり来たりしたらしい。

私との電話が「たいへん！　お父さんが具合が悪くなって入院したのよ！」との一報ではじまらなかったのも、金曜の夜、すなわち一日前から兄と電話でやりとりしている姉にとっては、かなり「旧聞」に属することなのだ。

たぶん前から私が週末は仕事で出かけると言っておいたから、兄も姉も夕べは私に電話しなかったのだろう。そうと知らずに私は、自分のことだけで「疲れた」と言い、足もみばかりか風呂までも。自分ひとり呑気にしていたことが後ろめたいが、病院の面会時間はとうに過ぎている。

「とにかく私、明日仕事が終わったらその足で病院へ行くよ。着替えとか持って帰るものがあったら、そのときに持って帰って洗濯しとく」

罪滅ぼしに申し出た。

面会に通う

病院へは、父の家と私の家共通の最寄り駅からバスである。外来が休みの日曜は正面玄関は閉まっているが、裏手に別の入口があり、面会客は守衛室のようなところで手続きをして入るのだった。

講義ノートのバッグを肩に、首からは入館証を下げて入ると、四人部屋の入口に父の名札があった。部屋の中は、ベッドのぐるりを囲うカーテンで仕切られている。

「こんにちは」

カーテンの中へ入ると、ベッドの上半身がわずかに起こされていて、父がこちらを見た。家で目をさましたときと変わらない、ふつうの色つや、表情だ。そのことにまず安堵した。

ベッド脇に可動式の支柱があって、点滴の袋が吊されている。周囲では夕食の配膳がはじまっているが、父にはないらしい。「禁食」の紙が、ベッド父の名札のそばに貼ってある。消化器の症状で入院したことを実感した。

父は自分の左腕に目を落とし不思議そうに眺めて、右の手をそちらへ伸ばす。私はぎくりとした。左腕には、点滴の針を入れてテープで留めてある。

「それは剥がさないでね、だいじなお薬が入っているの」

「そう」

父は斜め上に視線を移し、しばらくそこを見ていてから、

「あそこは、どうしてああいうふうになっているの」

あそこって、どこだろう。天井か、カーテンの上の方か。カーテンは家のと似たベージュだが、上の方の幅十センチほどが格子ふうの透かし模様になっている。そのことを言っているのでは。ニンジンの薄い薄い皮まで剥がし一本一本伸ばしてきれいに縦に並べるほど、父は細かいところが気になる質だ。

「カーテン？」

「そう」

「あれはああいう模様なの」

「そう」

しばらくして再び、

「あそこは、どうしてああいうふうになっているの」

「カーテン？　あれはああいう模様なの。ああいうふうになっていると、看護師さんに中のようすがわかるじゃない」

答えながら、そもそも病院にいることを父は理解しているのだろうかと考え、付け加えた。

「ここは病院なの。カーテンも家にあるのと少し違うね。お父さんは今、病院にいるの。治ったら家に帰りましょう」

「そうね」

と頷く。しばらくしてからまた、同じところに目が留まり、

「あそこは、どうしてああいうふうになっているの」

「あれはああいう模様なの。ああいうふうになっていると、看護師さんに中のようすがわかるじゃない。ここは病院なの。だからカーテンも家にあるのと少し違うね。お父さんは今、病院にいるの。治ったら家に帰りましょう」

自分がテープレコーダーになった気がした。

仕事をどうする

家族が体調を崩したとき「こんなときにそれどころではない」と後ろめたさを感じつつも、仕事のことが頭をよぎってしまうのが、仕事を持つ人間の性ではないだろうか。最初はとにかく「だいじょうぶか！」という驚きと心配でいっぱいなのだが、命に別状はないとわかるや、安堵と引き替えにそちらの方の心配が持ち上がる。

仕事をどうしよう、と。

父が入院し、とりあえずだいじょうぶそうとなったとき、私もそれを考えた。

仕事の中でも特に、キャンセルしづらいものがある。私でいえば、打合せならまだ日を動かせるが、講演や地方出張など、私が行かないと催しそのものが成立しなくなってしまうものや、前々からさまざまな人の予定を合わせ各方面に手配をかけているものだ。

父が入院しても、今日明日といった状態でないならば、そうした仕事へは予定どおり出かけたい。それには家で仕事の日に、時間を作ってなるべく病院へ行くようにしようと思った。ポイントを稼ぐというと、いかにもケチな考えだが、できるときに付き添いをして、ここぞのときに休める状況を作っておこうと。

病院までは、姉よりも私の方が近い。病院の面会時間には、通勤している兄より私の方が合わせやすい。それなのに、家にいる日まで仕事を理由に知らんぷりでは、さすがによくないだろうと。兄も姉もそういう発想はない人だが、私ひとりがそうした心の収支を合わせるみたいなことをしていた。

が、この日中の仕事の時間を少しずつ削るやり方は、体力にじわじわと影響していった。梅雨明けで、急激に三十何度とかに上がった夏の蒸し暑さに体がまだ慣れていなかったためもあるだろう。一日に数時間のことではあるのに、暑い盛りに出かけ、帰ってから仕事の続きをする繰り返しが、思いのほかの消耗となった。

行き帰りのバスでは、とにかくへたり込んでいた。後ろの席のお喋りが耳を刺激するのも苦痛で、最後列に座り、窓ガラスにこめかみをつけてもたれていくのだった。

行って何をするわけでも、実はないのだ。病院は完全看護だから、汚れた衣類やタオルを持ち帰り、洗濯ずみのをロッカーに入れる。後はベッドサイドで「過ごす」ことが主である。

私のような時間貧乏の人間は、何もせずただ「過ごす」ことが不得手だ。「あれをしなければ、これもしなければ」とつい考えてしまう。

病気は本人がいちばんたいへんと、頭ではわかっている。見舞いに来る人間が疲労感たっぷりの暗い表情をしていては本人が居たたまれない、本人にすれば見舞いに来てくれと頼んだわけではない、見舞いに来た以上は明るく楽しそうにしていなければとも思う。が、体力は気持ちに直結する。体力に余裕がないと、気持ちも追い詰められる。

「あそこは、どうしてああいうふうになっているの」

「カーテン？　あれはああいう模様なの」

同じ会話の繰り返しが、よけい「家にいれば、あれもできるのに、これもできるのに」という焦りをつのらせる。

目に入るものが少ないから、カーテンばかり気になるのだ。他に興味をひくものがあればと、高齢者向けの雑誌『サライ』と『文藝春秋』を売店から買ってきた。『文藝春秋』は昔よく読んでいたし、細かな字が無理だとしても、『サライ』なら父の好きそうなお寺や仏像の写真がカラーでたくさん載っている。

広げて写真を指さし、「あ、このお寺、よく見るよね」「あじさい寺って、あったじゃない」などと楽しげな雰囲気で話しかけ、興味を誘い出そうとしたが、私ひとりで騒ぐだけに終わる。次に行っても、めくった形跡はなかった。

点滴を外してしまう

点滴はネックであった。ふと見ると、テープをいじっている。点滴針は私も入院中長いこと刺していたが、違和感があるし、角度によっては痛いこともあるし、日が経つほどに痒くもなる。

「痒いね。でも剥がさないでね。だいじなお薬が入っているの」

と説明した。

見舞いに行ってカーテンを開けると、すでに外していることも。几帳面な父らしく、外した針やテープの一本一本をシーツの上に縦に並べてある。私はさっと血が引いて、胃がつかまれるように痛くなる。ニンジンの皮なら「あら、きれいに並べたものね」と言えるのだが、これはそれではすまないのだ。

ナースステーションへ走って、

「申し訳ありません、点滴を外してしまいました」

「え、またですか！」と言う看護師さんに平謝りしつつ、病室へと共に急ぐのだった。

点滴を入れ直して去った後、私はこれはどうしても父にわかってもらわねば、そのためには厳しいことも伝えなければと覚悟した。それまでは恐怖心を抱くようなこと、深刻さを感じさせるようなことは、なるべく言わずにきたのである。

私は床に膝をついてしゃがみ、父と目の高さを合わせ、点滴の刺さっている腕を両手で包み込んだ。

「これは命のお薬なの。お父さんの命をつなぐお薬が入っているの。お父さんは今、病院にいるの。このお薬を入れていないと、死んでしまうの。私もお世話して下さる病院のかたもみんな、お父さんに死んでほしくないと思っている。だから、お願いします。痛いでしょうけど、痒いでしょうけど、この針はこのままにしておいて下さい」

父は深く肯き、

「ああ、それはありがたいお話を教えていただいた。ありがたいお話だ」

と言った。

私の真剣なようす、改まったようすから、何かたいへん重々しいことを言っている感じは伝わり、「ありがたいお話」という、お坊さんの講話でも聞いたときのような反応になったのだろう。その受け止め方と返し方はある意味で的確であり、心が通じたといえるのだが、内容の理解とは結びつかないようだ。ましてや記憶にとどめることにはならず、その後もやはり外していた。

ある会合で医師を長いことしてきた人に話したら、「昔だったら拘束していたケース」とのことだった。今は手をしばりつけることはしない。代わりにというか、手袋をする。

白くて丸い、キッチンで使うミトンに似た手袋。ミトンとの違いは親指と他の四本とが分かれていないことだ。五本まるまるおおってしまう。痛々しいが、適切な治療を受ける上では致し方ない。

が、父はどのようにするのか、その手袋も外してしまう。歯もないのに、留めてあるマジックテープを唇なり歯ぐきなりで噛んで剥がすのだろうか。見舞いに来て、抜いてある点滴針にぎくりとし、ナースステーションへ駆けることは、その後も起きた。

「じゃましてはいけないね」

病院を後にする私の気持ちは、暗かった。自分の命を守るのに必要な処置を拒んでしまう。「医療を受けられる限界というのは、あるのだろうか」

帰りのバスで窓にこめかみを寄せながら、そんなことを思いもした。

救ってくれたのは、看護師さんのひとことだ。

何度目だったか、点滴針を射し直してもらうとき、例によって私は「申し訳ありません」と身を縮ませて頼むと、当番でいた看護師さんは、

「いいえ！」

と強く首を振ったのだ。

本人だって痛いのに、何度でも射させてくれる。嫌がって手を払いのける人、医師や看護師を叩く人もいる。それもやむを得ないことだと思う。研修医もいるこの時期、びくびくして行く人もいるが、お父さんは誰にでも優しく接してくれる。「私たちはみんな、お父さんのことが好きです」。

私は、あっけにとられて、看護師さんを見た。

白衣の天使という表現があるが、まさしく天使に思えた。

比べて自分を省みる。記憶をとどめられないからといって「医療を受ける限界」などということを考えるのは、恐ろしい発想だと思った。

人は一面だけでは測れない。

私に見せた顔でも、例えば自分が病院にいることを、父はなかなか覚えられない。カーテンの向こうで人の気配がすると、毎回不思議そうにする。「お隣でも、別のかたが休んでいらっしゃるの」と私が説明すると、

「そう、じゃあ、じゃましてはいけないね。静かにしていましょう」

と声をひそめる。人の気配がするたび、そして私が「お隣でも……」と説明するたび、必ず、

「そう、じゃあ、じゃましてはいけないね」

ここがどこかの認識はなくても、病院にいることを記憶しておけなくても、人が休んでいるならじゃましてはいけないといった、そのときどきの判断ははたらくし、それが他者への気づかいに満ちた判断であることが多いのだ。

余裕のなさから私が失っていたものを、看護師さんに教え諭される思いがした。

本質をとらえる力

だいぶ回復してきたある日、「こんにちは～」いつものようにカーテンの隙間から覗くと、

ベッドは空だった。車椅子に乗って看護師さんに押してもらって散歩中かしらと、病室を出てみると、なんとナースステーション内に座っているのが、ガラス越しに見えた。車椅子を停めて、点滴の支柱もそばに置いて。

「なるほど」と私は思った。名案である。父はすぐに点滴を抜いてしまう。かといって、誰かを張りつかせて監視するわけにもいかない。いっそナースステーションにいれば、常に誰かの目があるから防げる、というわけだろう。考えたものである。

おそらくは離床の練習も兼ねているのだろう。

退院が近づくと、本人もなんとなく察知するらしい。姉によると巡回してきた看護師さんに突然父が聞いたそうだ。

「あのー、ワタクシはここにいてよろしいんでしょうか」

「ここ」が家ではないことを、わかっている。「私」ではなく「ワタクシ」として遠慮がちかつ丁寧に滞在許可を求めるのは、「ここ」が本人にとって居心地が悪くないのだろう。姉は安堵し、看護師さんは笑って、

「治るまでずっといて下さっていいんですよ」

と回答した。

退院前日には看護師さん、管理栄養士さん、医師などいろいろな人が説明に来る。複数の人が同時に来ることもある。

父にすればふだん以上にたくさんの人が自分のもとへ集まってくるのが、賑やかで楽しく、同時に「別れ」の近いことも察知するらしい。自分を囲む人たちへ、

「まあまあ、このような楽しいお集まりを、ぜひまたときどき皆さんと持ちたいものですね」

パーティーの最後の方の挨拶みたいなことを、高揚した笑顔で言っていたそうだ。入院を「ぜひまた」どうぞとも言えないので、皆さん困惑しつつも笑っていたと。

状況の把握において見当外れなところはあるけれど、場の本質みたいなものをとらえるのは、的確なのだ。

ぬいぐるみとの「関係」

退院の日は私が迎えにいった。午前十時頃と言われていたが、行ってみるとすでに名札は外されベッドは空で、父は？　と探せば、ナースステーション隣の面談用テーブルがいくつも並ぶコーナーに、車椅子に座ってひとりでいた。荷物は脇にまとめられ、車椅子を付けたテーブルの上に、父と向き合う形で犬のぬいぐるみが、ちょこんと載っている。

病院の忙しさと細やかさとを同時に見る思いだ。今日も次々と入院患者さんが来るから、早々とベッドを空けないといけないのだろう。その忙しさだ。

一方、ぬいぐるみは他の荷物といっしょくたにせず、それだけ出して父の前に置いてあるの

は、入院中いかによく父のようすを観察していたかを意味する。その細やかさだ。

あのぬいぐるみは父がたいへん気に入っている。私は家でそれがテーブルの上、父のまん前にあるのを最初に見たとき、正直「どうかな」と思った。いくら「かわいいもの好き」の父でも、子ども扱いのようで失礼ではと。が、姉の話を聞いて、わかった。あれは単なる「かわいいもの」ではない、父にとって特別なひとつであるらしい。

それとの出会いは、駅ビルの中。姉と二人で歩いていたら、雑貨店の前で父の足が止まったという。ギフトボックスの中に、そのぬいぐるみがマグカップと詰め合わされて、透明のポリエチレンシートとリボンがかかっていた。

「かっわいいねえ」感に堪えないような声を出して動かない。

同じぬいぐるみが単品で棚にあり、姉が持ってきて見せるが、父は一瞥しただけで、ギフトボックスの中の方のに目を戻し、じっと見つめ続けている。同じに作られたもののはずなのに、父には違いがあるのだろうか。奥から店の若い女性が出てきて、「これがお好きなんですね」親切にもギフトボックスを解き、ぬいぐるみだけ売ってくれた。

買ってきたそれをとりあえず父の前に置くと、何やらじっと愛情のこもった視線を注いでいる。姉が家事をはじめると、

「どうしてそんなにかわいいんだ」

父の声がし驚いた。姉に言ったのではなく、ぬいぐるみに話しかけている。

そう姉から聞いて、私も仰天してしまった。父が「かわいいもの好き」であり、犬や赤ちゃんに話しかけるのも知っていたが、言葉の通じるはずのないものにまで。

週末に私が家事をする間も、覗き込んでうなずいたり、あやすようなしぐさをしていたりする。父にとって鑑賞の対象にとどまらず、何らかの「関係」を育んでいるものらしい。

「ぬいぐるみが話し相手なんて」

「家族がよっぽど無視して、放っといているみたい」

家族で苦笑したが、入院に際しては慣れない環境下でもあれがあれば落ち着くのではと持ってきていた。看護師さんたちもその関係性に気づいて、退院で家族が迎えにくるのを待つ間、これがあればひとりにしておいてだいじょうぶと思ったのだろう。


「アイドルのような」


迎えにいった私には、覚悟めいたものがあった。これを機に父は寝つくかもしれないと。

家から持っていった車椅子に病院の車椅子から移るのが、最初の関門だと思った。が、意外や父は、ものにつかまりながらも自分の力で座面から尻を浮かせて、難なく移れた。

機嫌はすこぶるよく、エレベーターホールまでの通路を車椅子で行く間、看護師さんたちにずっと手を振っていた。

家では玄関に歩行補助具を用意して、それを使っても寝室までたどり着けないときのため、姉の息子にスタンバイしておいてもらった。が、これも意外や、歩行補助具につかまると、かったんかったんかったん慣れた動作でそれを動かし、歩き出す。

昨日まで病院で寝ていた人だし、タクシーとの乗り降りなどで疲れ、一も二もなく寝室へ直行するものと思っていた。が、リビングに入ってくるとテーブルの定位置につき、何か欲しそうにする。試みにバナナを出すと一本ぺろりと平らげて、機嫌よく団らんを続け、退院後を案じる緊張から睡眠不足になっていた家族の方が、あくびを噛み殺しながら付き合っていたのである。

それがいかにすごいことかを、のちに父が風邪で一週間伏せった後、家族は痛感することになる。

「あの病院、一週間以上入院しながら、よくぞ歩ける状態で帰してくれたね」

と姉と言っていた。

退院までのスケジュールには、リハビリも組み込まれていたのだろう。プロの看護のすごさを身にしみて知った。

胆嚢炎では、その後も続けて入院した。二度目となると、看護師さんも病院の雰囲気もわかっているので、少しは安心である。入院までの騒ぎが一段落すると、

「おじいちゃん、また人気出るかもよ」

と姉の息子が言った。「人気」という表現に笑ったが、案外、ポイントをついた発言のように感じた。『物語としての痴呆ケア』（小澤勲、土本亜理子著、三輪書店）という本に次のくだりがあったのだ。

痴呆の深化に従って、どんどん生活が貧困になり、表情も消え、悲惨な最期に至る。「ようやくこれで楽になれたね」と家族がほっとする、そのような成り行きもあれば、最後まで笑顔を絶やすことなく周囲の人たちのアイドルのような暮らしをされる方もおられます。

「アイドル」という表現に笑ったのだが、姉の息子も同じようなことを示唆していると思われる。

判断の難しさ

父が適応している限り、病院にいるのは、家族としてはある意味、安心だ。ちょうど夏で、家では温度管理に神経を尖らせていたのだ。本人は暑さ寒さを言わないので周りが、汗のかきようや肌の冷え方から判断する他ないが、家族は全員看護のシロウト。判断には心もとなさがつきまとう。

退院後には通院という問題が出てくる。通院の付き添いも私が受け持つことになったが、炎天下でのタクシーの乗り降りは、気持ちとしては命がけだ。タクシーの中、病院内と温度はそれぞれ違う。何をどれくらい着せたらいいか。飲料は何をどれくらい持っていくか。

「熱中症の危険がないぶん、入院は安心ではあるね」

家族でよく話していた。

が、入院は体調が悪くなったからするわけで、安心とも言っていられない。胆嚢炎を繰り返すようでは、本人もつらいし、家族としても、いつまた起きるか、病院へ運ぶことになるのかと戦々恐々だ。そこにも判断の問題がある。高齢者は症状の出方が緩やかだし、本人の訴えもない。家族が複数そばにいても、

「なんか、元気なくない？」

「疲れたかな」

「トイレに行きたいとか」

「単に眠いだけ？」

「いやいやいや」

となって、見極めが難しい。むやみに病院へ担ぎ込んだりしてはいけないと思う一方、判断に迷ううち危険な状態になるのが、家族としてはいちばんこわい。

原因を取り除いてしまえば、その恐れはなくなる。最初の入院で医師からもらった説明書に、手術という選択肢もたしか記されていた。が、姉が二度目の入院中、巡回に来た医師に聞くと、

「九十近い人にとって手術の負担は、相当なものですよ」

やんわりと制されたそうだ。インフォームドコンセントとして、あり得る治療法は全部書くけれど、現実的ではないということらしい。


「なんで放っておいたんですか！」


胆嚢炎での入退院から中一週間で、父は再び入院した。今度は心臓である。それも病院に運んではじめてわかったことだ。

姉としては家にいて、

「なんか、元気がないな」

と思っていた。夜、ソファでうつらうつらしていた父が突然ハッと目を見開き、大きく息継ぎするような動きをしたので、思いきって救急車で搬送した。

治療に当たった先生は、胆嚢炎の医師とは別の医師で、姉を見るなり、

「なんで、こんなになるまで放っておいたんですか！」

厳しく叱責した。父はペースメーカーを入れているが、電池が切れていたという。

「このままでは死にますよ！」

医師は断言した。父の心臓は、自分では動いていないという。

「えーっ！」

姉から聞いて、兄も私も仰天した。ペースメーカー手帳をめくれば、五年近く前に電池を交換している。電池の寿命は十年とそのとき説明されており、ふつうならば充分持つ。

しかもその間、放置していたわけではない。この家に引っ越してきてからも近くのクリニックに兄や姉が定期的に連れていき、心臓の薬をもらっている。行くたびに先生は、聴診器を胸に当て、

「非常に強く拍動しています。心臓はだいじょうぶです」

と太鼓判を押していたのだ。あれはペースメーカーの作る拍動を測定していて、心臓の方はとっくに止まっていた？

後日、兄か姉かのどちらかがクリニックに行って、ペースメーカーの電池切れで入院したことを報告すると、

「あー、そういうこともあるでしょうね」

心臓がほとんど動いていないなら、電池の消耗も早いのだと。

私は憤慨してしまった。ウルトラマンの電池と違って残量が少なくなると点滅するわけではないから、私たちは医師にだいじょうぶと言われたら信ずる他ないのである。

姉は気の毒に、必死の思いで運んでいきなりの叱責に、よく耐えたものだと思う。放置していたわけではない、人一倍細やかに世話をし、医師にも診せていたというのに、言いたいことはヤマほどあっただろうが、父のことが第一、抗弁をする場合ではないと堪えたに違いない。私なら気色ばんでしまったかもしれない。

ペースメーカーの電池を入れてもらい、残量については、病院と遠隔装置でつながっているモニターを家に置くことにした。

心臓が動いていないというのは、ショックであった。心臓が動いていないで生きている、という事態は、私たちの旧式な想像力を超えている。脳死が議論される前は、心臓の停止イコール人の死であった。

「えっ、それって、つまり……」

「機械に生かされているというか」

「ペースメーカーがなかったら」

「し、し……その、もういない……ということ？」

家族は遠慮がちな表現ながらそう言って、呆然と顔を見合わせた。サイボーグ人間みたいなイメージが、一瞬浮かんで打ち消した。

「おかげさまで長生きなもんですから、本人の寿命より電池の寿命の方が先に尽きてしまいまして」

父の入院のため打合せの予定を急遽変えてもらうなどした人には後日、深刻っぽくならないよう冗談混じりにそう説明したが、正確には逆で、本人の寿命、少なくとも心臓の寿命はすでに尽きており、電池の停止イコール死なのか。

かかりつけ医との相性

「それにしても」

八つ当たりかもしれないが、私たちは近くのクリニックに疑問を持った。胆嚢炎で入院したときも、兄が前日そこへ連れていき腹部の画像検査までしている。異常所見はなしということで胃薬だけもらって帰されたのだ。後で胆嚢炎で入院したと報告すると、

「あー、こちらの機械では精度の問題で映らなかったんでしょうね」

と言われたという。

誤診とは言えないのかもしれない。悪びれよ、とも言わない。が、あまりにあっけらかんとした言いように不満であった。

けれど何のかんの言っても、近いことはありがたい。車椅子で連れていけるし、いざとなったら往診もしてくれるクリニックは貴重である。父が今より弱ったらますますだ。短気を起こして切るようなことをせず、将来のためにも縁をつないでおこう。

もう少し頼りになるところはないかと内心思っていたところ、週刊誌の新聞広告で、高齢者の在宅医療を得意とするクリニックといった特集があるのを知る。早速買ってくると、父の家の近辺では、他ならぬそのクリニックが載っており、複雑な気持ちであった。

家族の病気より自分の病気の方が、診察を受ける上では楽だと思った。言うべきと感じたことは言う、結果は自分の身に引き受ける。自分の意思ひとつである。

家族だとそうはいかない。自分の言動が即、父の身にはねかえる。

私はそのクリニックの先生と、どうもうまくコミュニケーションがとれなかった。前はそこへの付き添いは兄と姉に任せっきりだったが、大きな病院の退院や通院に関わるようになってからは、クリニックへも私ひとりで行くケースが生じた。心臓の日々の薬は、前と同じくそのクリニックから出るためである。

退院に際し看護師さんから聞いてメモしたことを、クリニックで報告し、処方箋を依頼する。その内容が、病院からクリニックの医師に充てられた診療情報提供書と違うらしい。先生は封筒に入っていた紙をばさばさ折って、

「そんな曖昧なことでは危なっかしくて薬は出せません、もう一度病院へ行って聞いてきて下さい」

薬を出すのを拒まれた。

退院の際話した看護師さんに確認すると、看護師さんの説明そのものが、診療情報提供書に

ある医師の指示と違っていたことがわかった。

そのときの私の正直な気持ちを言えば「私は悪くない！」。悔しいし理不尽だと思ったが、父の薬をもらえぬことにははじまらない。「私は悪くない」というプライドや反発など何の役にも立たないどころか、父が医療を受ける上ではじゃまなのだ。下げなくてもいいはずの頭も下げなくてはいけない。

姉に比べて私はある意味、打たれ弱いと思った。頭ごなしに否定されることに、耐性がない。きっと姉は子育てをする上でこういう理不尽な思いを、数知れず経験してきたのだろう。自分の鍛えられていない部分を感じた。

連携ネットワークと診療情報提供書

それにしても、あの診療情報提供書を医師しか読めないしくみは何とかならないか。クリニックで医師に報告をするとき、いや、それ以前に入院していた病院で看護師さんの説明を受けるとき、あの紙をいっしょに確認しながら話ができたらすむことだ。

クリニックで私が先生に話す間、私の持参した封筒から先生があの紙を取り出し、齟齬を問い質されながら、

「私にもちょっとそれを見せて下さい。いったい何て書いてあるんですか」

とどれほど言いそうになったことか。目の前にありながら、患者家族には隠されている。病院から渡されるときすでに糊付けされており、運ぶ途中も見ることができない。それでは単なるメッセンジャーだ。医療連携ネットワークの図では患者中心となっているが、診療情報提供書に関しては、患者家族はカヤの外と感じられる。

私は自分のことでいろいろな医師の診療を受けるが、そのクリニックの先生とは相性が悪いと感じた。

が、父がかかっているからには、相性もへったくれもない。

苦手意識を克服する道はただひとつ、とにかく頻繁に顔を合わせることだ。

先方も、これまで出てこなかった家族なる人間が急に現れ、メモなんぞをもとにあれこれ理屈ばったことを言われれば、「なんだ、こいつ」くらい思うだろう。度重なれば、なんとなく「こういう人だ」とお互いわかるし、嫌な顔でも少なくとも「顔なじみ」にはなれる。

クリニックへの通院や往診には、仕事の都合が許す限り、立ち合おうと思った。

入院していた病院の通院には、担当の消化器外科の医師の外来診察日が土曜なのを幸い、私が付き添うことにした。

こちらの先生とはなぜかツーカーだったから、相性とは不思議なものだ。若く元気のいい医師で、父にも朗らかに話しかけ、

「何かあったら、いつでも来て下さい！」

と頼もしく胸を叩いてくれた。

介護保険を利用しはじめてからは、退院の前にケアマネージャーさんが病院に来てくれて、看護師さんと話し合いを持った。よく聞く、医療と介護の連携とか地域での包括ケアとはこのことだろうかと思った。

急性期の病院なので、治療が完了したら退院だ。退院の前日ケアマネさんが、

「ひとり暮らしのかたなので、もう少し入院させていただけないでしょうか」

と要望する場面もあったが、

「ご自宅での生活に向けての、リハビリは行っていますので」

と看護師さんは言い、個別の生活背景などの事情による延長は認めない病院の方針を感じた。治療を要する患者さんが次々と詰めかけている状況では、そこは譲れないところなのだろう。

そう、住民票上は父は独居老人である。住民票上のみならず実態としても介護する家族のいない私が、将来入院し退院するときは、この状態で明日から自宅での生活を、ひとりではじめないといけないのだと気づく。

ケアマネさんに、入院中の父のようすを訊ねられた看護師さんが、

「そうですね、大きな声を出すことはありませんでした」

と言うのを、かたわらで聞き、はっとする。この答がいちばんに出てくるのは、大きな声を出す高齢者が少なくないのだろうか。

さまざまな意味で、高齢者の入院の現実を垣間見る思いであった。

リハビリデイサービス

退院後間もない頃、家にいるとケアマネさんが明るい声で知らせてきた。

「お父さんに向いていそうなデイサービスがあるの！」

リハビリデイサービスというそうだ。

デイサービスと聞いてふつうイメージするレクリエーションより、歩行などの機能回復訓練が中心。それ専門の施設が、近くに新しくできたという。

車での送迎有り。しかも午後から。これは朝に弱い父や家族にとって大歓迎である。

午後だけだから、お昼ごはんや入浴はないそうだ。

早速申し込み、通うことになった。

お稽古バッグのような紺の手提げ袋を用意して、一式を入れておく。もしものときの替えオムツ、それと連絡ノート。

このノートは、子どものものに喩えるのは親に対しては失礼だが、ちょうど私たちが幼稚園のときに使っていた「連絡帳」のようなもの。施設でのその日のようすが書いてあり、家族は読んだら判を捺し、こちらからの連絡事項があれば書く。

体温、血圧、脈拍数まで記されていて、体調を管理するのにありがたかった。リハビリをはじめる前、毎回計測するらしい。

文章の方は、

「歩行訓練に、お元気に励んでいらっしゃいました」

「和やかにゲームにも参加されました」

などとたいへん細やかに書かれており、敬語を使ってくれるのも家族への配慮がある。文章からは、新しく行きはじめた施設でも父が受け入れられているようすが伝わってきて、ほっとする。

「岸本さん（父のこと）の笑顔に癒されます」

「周囲への気づかいを忘れない岸本さんには頭が下がります」

などとあると、こちらの方が頭が下がる。たぶん父は、入院していた病院でと同様、ちょっとした社交術を発揮しているのだろう。父の年代の男性の多くは恥ずかしがってためらう優しげな言葉を、照れずにかける態度である。

「どこへ行っても、キャラクターって変わらないんだなあ」

苦笑し、同時に、キャラクターを変えないですむなんて、環境や人間関係にいかに恵まれているかを改めて思うのだった。姉も同感らしく、連絡帳に一回一回お礼の言葉と本人がいかに楽しみに通っているかを、老眼の私にはとうてい無理な小さな字で書き連ねていた。

そんな心温まる連絡ノートにも、ときおり、

「今日は、動きを止めてしまわれることがありました」

「お声がけをいたしましたが、ぼうっと見ていらっしゃるだけの時間が多くありました」

といった記述が交じり、しだいに増えていくのが気がかりではあった。

食事の工夫

機能回復と並んで、胆嚢に負担をかけない食事が、退院後の課題となった。具体的には脂肪を控えることである。これがなかなか難しい。

父はものを噛めないので、流動食か歯ぐきでつぶせるやわらかさのものとなる。それで脂肪を控えると、カロリー摂取がたいへんになる。重度の胃潰瘍になったときの私がそれに似た食事で、主食をお粥にし、おかずも胃に負担のかかる繊維と脂肪を控えたら、カロリーの絶対量が不足するらしく、すりつぶし野菜と魚と豆腐をグラタンふうにするなどいろいろ工夫したけれど、痩せてしまった。

「ポタージュスープに含まれる乳脂肪くらいはだいじょうぶと言ったよ」

退院の際管理栄養士さんと面談した私は、そう伝えたが、だいじをとって姉は豆乳に置き換えていた。実際に父が具合が悪くなっていく場面に遭遇し、病院へ運ぶか否かの決断を迫られ

た姉には、また起きるのではという恐怖もあるだろう。病院の配膳トレイに貼ってあった「脂肪禁」の紙も、強い印象を残している。

食事ノートをつけはじめたのも、恐怖心の現れのひとつだ。

わが家の場合、介護する人間が姉、兄、姉の息子、私と入れ替わるから、食事で何をとったかをノートに書き残す。脳トレ（？）のため父が日記を書いていた頃、食事内容を家族がそこへメモしていた。同じ献立を避けるためだったが、今度のノートは動機がもっと切実だ。特に兄の記述が詳細を極めた。几帳面な性格に加えて、「間違ったものをあげてはいません」と証し立てたい思いもあったかもしれない。胆嚢炎になるまで兄は姉や私と比べて、脂っぽい食事を父と共にとっており、それがいけなかったかという不安もあるだろう。

「15時半　間食　ヨーグルト（脂肪ゼロ）1／4カップ」といった、いわゆる食べ物の他「お茶　温　約100cc」という記述まであり、あまりの細かさに私は、

「これと同じことができるだろうか」

と思った。が、ひとりだけサボるわけにもいかない。きょうだいとの横並び意識で続けた。

それでも、あんまりたいへんすぎると、誰もが感じていたのだろう、半年ほど過ぎたら、記述はややおおざっぱになっていった。

脂肪を控えて蛋白質をとるには豆腐か卵か。私は父のお粥に卵を溶き入れ、主食を白粥から卵粥にすることを考えた。

が、これは失敗だった。食事の途中から、父の表情がなんとなく少ないように感じ、口の中を確かめると、卵のかすをいっぱいに溜めていて驚いた。細かに溶き入れ、かつ火が通り過ぎないようやわらかく仕上げたつもりでも、卵はどうしても熱によって固まる。かす状の小さな塊であっても、お粥のとろみによってコーティングされていても、父はうまく呑み込めないのだ。

クリニックの先生の助言で、エンシュアリキッドという栄養補助ドリンクが、父の食事に加わった。

幸せと後ろめたさのチョコレート

父の前では家族もなるべく、同じものを食べるようにしていた。が、それだと介護する側の身がもたない。

今にして思えば、散歩をはじめた頃の父は元気であった。グラウンドをひと周りすると喫茶店に寄り、そこでケーキを頼むのだった。けっして体によくはないが、デパートにも歌舞伎にも行かないからと、それくらいの楽しみは私も容認していた。

父は甘いもの好きである。家ではケーキを食べないから、なおさらだろう。

ショートケーキが運ばれてくると、深々とフォークを入れて、一個の三分の一くらいの塊を

フォークにさして、

「こんなに大きくて、いちどに入りきるんだろうか」

と案じる私の視線を意に介さず、まん丸に口を開け、余さず押し込んでしまうのだ。

脂肪を控えることになってからは、生クリーム、バターを使った焼き菓子、脂肪分を含むチョコレートなどは、父の家のテーブルからいっさい消えた。甘いものは、生姜湯とか葛湯、せいぜいバナナとなった。

が、介護する者は、一日のどこかで甘いものが欲しくなる。それも葛湯とかのほのかな甘みでは物足りない。脳天を直撃するような甘みが欲しくなる。

介護による体力の消耗もあるだろうがそれ以上に、専門知識もない中でひとりの人の命と安全に責任を負っている、その常に気の張った状態を、何か強烈な甘みでもって賦活したくなるのである。

姉と姉の息子が泊まり込むことが多くなってから、兄が家にいる時間は減っていたが、側面支援というべきか、こちらに来るとき兄は決まってメリーチョコレートの大箱を買ってきた。まっ赤な箱で、蓋を開けると金色のプラスチックの仕切り内に並んでいる、ひと粒チョコだ。甘みを摂取するだけならば、ドン・キホーテとか「おかしのまちおか」で飾り気も何もないロッテのチョコレートが一ダースいくらで安く売っており、そちらを買い置き、割って食べればいいともいえる。

が、この場合、箱の赤とか仕切りのキラキラとか、ひと粒チョコの形状とかに、なんともいえぬ多幸感があるのだった。

箱は父の定位置の後ろにあたる冷蔵庫の上に載せておく。甘みへの欲求を感じると、父がぬいぐるみに語りかけているときなどに、背中を向けて一瞬、箱の蓋を持ち上げ、隙間からひと粒取って、口の中へ放り込む。

除け者にしているようで気がひけるが、父が禁食である以上、隠れて食べる他はない。

起きて寝室からリビングへ歩いてくるときは、正面に冷蔵庫が来る。たまたま視線を上げると、「かわいいもの好き」の父には赤い箱が目に止まるらしい。

「きれいな箱があるね。何?」

と問われると、

「あー、ほんと、きれいな箱ね」

「誰かへの贈り物じゃない? 開けないでおきましょうね」

いささかの後ろめたさをおぼえつつ、下手な芝居でごまかすのであった。

10章

「そのとき」が来た

自然寿命を超えて

自分の家で『痴呆を生きるということ』（小澤勲著、岩波新書）を読んでいたとき、次のような記述があった。

アルツハイマー病患者は発病後三年で五〇%、五年で八〇%が死亡するという統計がある。

不意打ちのように胸をつかれる。アルツハイマー病との診断を父は受けていないので、この数字があてはまるのかどうかはわからない。続きを読む。

ケアが行き届きさえすれば、こんなに生命予後は悪くないと、私の経験は教えるが、それでもやはり、痴呆という病は重度になれば、身体を巻きこむ。歩くことができなくなり、姿勢を保てなくなる。

そして、食事や水を飲みこむことまでもが難しくなって、痴呆を抱えていない人より早く命の限りを迎える。

認知症は、死に至る病なのか？　認知症そのものが死病ではなくても、単なる記憶障害にとどまらず、やがては身体を巻き込んで死に至らしめるのだろうか？

私はなんとなくこのまま続いていくような錯覚に陥っていた。命に限りがあることは知っている。父の年齢から考えて、そう先ではないことも常識として知っている。一方で、介護のあれこれを工夫して、食事がどうこうと家族でうるさく言い合ったりしていると、この日々の延長に死があるという気がしなくなってくるのである。

が、そうした感じとはまったく別に、統計は冷厳な事実を示している。

世の中に認知症の人はたくさんいるし、これまでもたくさんいた。その人たちの最終的な死因は何になるのだろう。食事も水もとれないならば、低栄養？　脱水症状？　飲み込みができなくなるなら、誤嚥による肺炎？

親の死因を予想しているのではない。死因となり得ることを考えて、逆算の発想で、それを避ける策を講じたいのだ。

心臓が自分では動いていないということの衝撃も、ひそかに尾を引いている。完全に止まっているのか、だとしたらペースメーカーの引き起こす拍動だけで人は生きられるものかどうかもわからない。

医師の言葉どおり受け取るならば、機械によって動かされているわけで、すなわち自然寿命を超えて生きる領域に、父はすでに入っているのだろうか。

風邪がきっかけで衰える

熱中症のシーズンが無事過ぎると、次に来るのは風邪やインフルエンザの脅威だ。カレンダーを見ると、入院していた病院の消化器外科への通院が次は十一月上旬。風邪やインフルエンザの季節がはじまる頃だ。

私は相当、警戒した。マスクはもちろん、体が冷えないようニット帽、マフラー、ダウン。通院は車椅子だが膝掛けもして、重装備する。本人から「息がしづらい」との訴えが出るほどに。

総合ロビーでも消化器外科のロビーでも、風邪なりインフルエンザなりの菌を持った人がいるかもしれず感染をしないよう、少し離れたところで待ち、かつ窓に寄りすぎると寒いだろうと、ポジション取りに気をつかった。帰りのタクシーは外来棟の玄関のなるべく近くまで来てもらうよう、バスガイドさんよろしく手を挙げて誘導し、父にはぎりぎりまで暖かいところにいてもらうよう、二重ドアの内側に車椅子を停めていた。

それでも、風邪を引いてしまった。

病院から帰った翌日から寝つき、七度台の熱と咳が出た。

いちばんこわいのは、痰を喉に詰まらせることだ。ちょっとでも痰のからんだような音の咳が出ると、姉は吐き出させた。顎にあてがうカップがあるが、それが間に合わないときは、

「ここに出していいからね！」

掛け布団の襟カバーで受ける。洗濯物がいくら増えても構わない姿勢である。姉の献身的な介護を前に私は、

「あー、私が病院へ連れていったのが……」

きっかけとなってしまった申し訳なさと心配とでおろおろした。

クリニックの先生に往診もしてもらった。私とはいろいろ、というよりもっぱら私の心中でいろいろあった先生だが、いざというとき来てもらえるありがたさは身にしみた。

尽力のかいあって、一週間でなんとか風邪から脱することができた。

ところが一難去ってまた一難。父が立てなくなってしまったのである。

ベッドのはしに腰掛けて両足を床につき、尻を浮かせるまではしたものの、生まれたての子鹿のように懸命に脚を突っ張っても、尻が後ろへ行ってしまい、まっすぐに脚の上に載せることができない。一週間寝ていた間に、まるで直立の仕方を忘れてしまったかのように。

私たちでも一日寝ていたら一パーセントの筋肉が落ちるといわれる。高齢者の一週間ではどれくらいか。高齢者の風邪が、衰えをいかに加速させるかを痛感する。

「まさか、歩けなくなるとはね」

姉は肩を落とした。本人の前では言えないから、父のそばに姉の息子を残して、姉と二人で部屋の外へ出て、マンション一階まで降りる。一階のエントランスは、十一月の夜ともなればかなり冷え、部屋にいた服装そのままの二人は、思わず肩をさすった。

一週間以上入院しながら、歩ける状態で帰してくれた病院の看護がいかにすごかったかを語り合ったのは、このときだ。

「私ももうちょっと考えていれば。風邪のときはとにかく、痰を詰まらせないので頭がいっぱいで」

「いや、充分よくやってくれたよ。痰の詰まりは命に関わることだもの。それにしても、そもそも私が病院へ連れていったとき……」

髪をかきむしりたい思い。苦しいとの訴えに一瞬マスクを外させたのがいけなかったか、車椅子の停める場所が悪かったか。あのときあれが、ああしていれば。さまざまなシーンを思い浮かべては、後悔にさいなまれるのだった。

あっぱれ、プロの看護

しかしここからが、プロの力の見せどころ。看護のプロの力である。

風邪の危機は切り抜けたが立てなくなるという新たな事態を受けて、ケアマネさんは早速、訪問看護の人を入れてくれた。四十代と思われる、固太りでポニーテールに髪をまとめた、声の低い、雰囲気からして信頼感の持てる女性である。病院で活発に立ち働く看護師さんとまた違い、家の空気を動かすのも最小限にとどめるような静かさと落ち着きがあった。

むろん女性どうしであるから、しばしば来てもらううちに姉とはうち解け、職業柄自分のことは語らない看護師さんから、実は吉田類の「酒場放浪記」のDVDを鑑賞するのが仕事の後の癒しであると、姉は聞き出していた。その趣味の渋さも、好印象なのだった。

この人が来てから、何をどうするのかわからないが、父はなんとこの人の付き添いでお風呂にも入れるようになったのだ。姉や私はとうにできなくなっていたし、姉と姉の息子の二人がかりでも危うくなっていたのに、女性ひとりの力でどうして可能か、謎である。

私はこういう日の来るのに備え、古武術介護の本を読んでいた。古武術を応用して、最小限の力で介護する側もされる側にも少ない負担で、立つ、起きる、寝返りを打つ、などの動きを援助するものである。今こそその出番だと、実践してみた。本を見ながら、父の脇腹に体を付け、肩の下に頭をもぐり込ませる。が、あまりに付け焼き刃だったのか、私は腰を痛めてしまった。

プロの看護はすごい、と言う他ない。

父もこの人の看護だと、こわごわでなく身を委ねられ、かつ気持ちがいいのだろう。この頃は会話というより、「ああ」「うう」などの声か、言われた単語の鸚鵡返しで、自発的に話すこ

とのなくなっていた父が、看護師さんを前に突然、

「この人、大好き」

めずらしくセンテンスを放ったので、家族が「わっ」とわいた。父の顔は紅潮し、久しぶりにあの脳細胞のはじける音を聞くようだった。

看護師さんに入ってもらってよかったと思うと同時に、家族で介護を続けるのがほんとうにいいのか、考えさせられた。本人にとっての安全と快適を提供できているのか、この先、命に関わる場面が必ず来る、何回も押し寄せて来るだろう。そのときに医療の知識を持たない家族が、的確な判断をできるだろうか。

褥瘡をケアする

ケアマネさんの提案で、看護師さんの他、リハビリ療法士さんも来るようになった。家にはノートが増えた。

家族間の申し送りではなく、看護に関わる人たちの間で情報を共有するためのものである。かかりつけ医も加わって、記録や指示を付けていく。

その一方、リハビリデイサービスとの連絡帳は出番がなくなっていた。そちらの方は、風邪以来ずっと休んでいるのである。

褥瘡も進んでいった。室内でも車椅子で過ごしており、起きていても寝ていても背中が常に押しつけられているわけで、いちばん重みのかかる腰の骨の当たるところが、赤くえぐれてしまっている。

私たちは一日じゅう座り仕事だとしても、椅子に背中をもたれっぱなしではなく無意識のうちに自分で立てているのだろう。父はときどき、家事などで目を離している間に車椅子の座面に沿って足もとの方へ全体がずり落ちてしまっていることがある。座位を保持する筋力が失われてきているのだ。認知症の本で読んだ「歩くことができなくなり、姿勢を保てなくなる」というくだりが、頭をよぎる。

場所が場所だけに、排泄物にふれて菌の入るのを怖れる。オムツ替えに褥瘡ケアも加わる。訪問看護のノートを読むと、褥瘡を水で洗ってラップを張るとある。

そんな迂遠な。「これを塗れば、菌を殺せて傷も塞げる」みたいな軟膏がないかと思ったが、かかりつけ医の指示もやはりラップであった。

水で洗うといってもベッドに寝てのことであるので、盛大には流せない。通常はオムツの中に重ねる吸水性のシートを傷の下にあて、シャワーボトルでちょろちょろと水を注いで受けるのみ。ラップを貼って、後は再生を待つ他ない。

皮膚の再生力も衰えてくると知った。小学校の頃跳び箱ではでにすり剝いても、かさぶたを経て、いつの間にか治っていたが、あれは若さゆえと今になってわかる。車椅子を動かすとき、あるいは車椅子からベッドに移るとき、本人も家族も気づかぬうち、脛《すね》が車椅子のペダルのへりなどにふれてしまうことがある。すると、傷口が赤く開いたまま、いつまでも閉じない。見るだに痛々しいが、本人に訊くと痛みは感じないという。

高齢者の低栄養が、新聞記事でよく取り上げられる。栄養不足だから治りが遅いのか。かかりつけ医から処方してもらっている栄養補助ドリンクを、温めたり、黒蜜を混ぜて甘くしたり、あの手この手で飲んでもらおうとした。が、飲まなかったり、少し飲んでくれたかと思うと、口の中に溜めてしまっていたりする。

施設を探す

家族の介護では、命を守りきれないかもしれない。施設を考える段階に来ていると感じた。施設といえば待ち人数が話題となる。が、ケアマネさんによれば、早く登録しておけばいいというものではないらしい。申し込み順ではなく状況が優先されるそうだ。

「もし家で亡くなると、警察はどうしても来るから。お坊ちゃんひとりのときだと、ちょっとかわいそう」

とケアマネさん。お坊ちゃんとは姉の息子のことである。ありがたい情報だ、そうした観点からも考えないといけないと思うと同時に、亡くなるということを視野に入れて話す時期に、私たちは来ているのだと感じた。

医療のできる施設でないと入院したとき、施設に払うお金と病院へのお金と二重にかかる。それもケアマネさんからの貴重な助言だ。それに基づき、自治体の関連施設で医療も受けられるところ、数件に絞られてくる。料金は要介護度によって異なるが、重度でかつ個室にするとなると、月二十万くらいは覚悟しないといけないようだ。

「この家を貸して、その家賃を充てて……いや」

この家を明け渡すのは、父がもう戻ってこないことが前提となり、ためらわれる。非現実的かもしれないが一縷の望みを持って、「退路」は確保しておきたい。

父の年金と、後は家族で払っていこう。どうしても無理となったら、そのときこそ引き払って、家賃をあてよう。

かかりつけ医は引き続き来てもらっていた。私と二人のとき、診察を終えてから別の部屋へ移って、血圧がかなり下がっていることを述べ、

「心配な状態です」

と言った。看護ノートにも詳しく書き込んでいた。

救急車を呼ぶ

それから間もない日曜のこと。その日は姉は来ないはずだったが、近くに用事があるとかで夕方になり、やって来た。夜になっても、なんとなくいた。後から思えば、第六感のためかもしれない。姉の息子もおり、父と合わせて四人であった。

父がすごく具合が悪そうだったわけではない。ただ、いつものように車椅子の上でぼうっとしていても、なんか元気がないように感じた。

高齢者の体調の変化は、激しくない。「なんか」なのである。さきに書いた判断の難しさは、そこにある。

体温計で測っても、熱は特にないようだ。

「疲れたかな」

「眠いのかも」

姉の息子の手も借りて、寝室へ連れていく。車椅子からベッドに移そうとするけれど、いつも以上にぐったりしている感じがする。

三人で躊躇していたが、

「やっぱり変だ、病院へ行こう!」

姉の判断に、一も二もなく同意した。これまでだって姉の勘が、何度も父を救ってきた。

病院の診察券を手に、受話器をとる。

「岸本秀夫と言います。診察券を持っている者です。消化器外科の××先生の患者です」

ぐったりしている、これから連れていくので診察をお願いしますと言うと、受け入れられないとのこと。

「××先生からいつでも来るように言われています」

食い下がるが、

「ベッドがありません」

と断られる。

「救急車なら受け入れてくれるかもしれない」

置いた受話器をすぐ取り、一一九番する。ほどなく到着し、父の寝室は駆けつけた救急隊員三人と父を取り巻く家族とで、足の踏み場もないほどになった。

「××病院へお願いします。診察券を持っています。消化器外科の××先生の患者です」

ひとつ覚えのように私が言って、救急隊の人がかけるが、答は同じだ。

「××先生は、いつでも来るようにと仰有いました」

再び私が、今度は救急隊の人に食い下がると、

「お医者さんはみんなそう言うんだよね」

電話をかけたいちばん年かさの男性。医師の親切な言葉は、何も約束しないことを知った。ベッドの空きがない以上、効力を持たないのだ。

救急車に姉と二人で乗り込んでから、停車したまま、引き続き受け入れ先を探す。日曜の夜。しかも一年でもっとも寒い時期。救急外来はどこも混でいるのか、次々と電話をかけては断られている。

ストレッチャーに横たわり、父の状態は落ち着いている。考えてみれば「なんか」元気がないというだけで、これと説明できる症状はないのだ。心苦しさがつのったのか、

「あの、今夜ひと晩はうちでようすを見て、明日の朝ふつうの外来に……」

おそるおそる姉が言いかけると、

「だって、なんかふだんとようすが違うから、救急車を呼んだんでしょ！」

強い調子で言われて、ハッと身の引き締まる思いがした。そのきつい口ぶりは、救急車を呼んだことを責めるのではなく、「諦めるな！」と叱咤しているのだと感じた。オレたちが頑張って治療を受けさせようとしているのに、家族がそんな腰砕けでどうする！と。

あの強い調子には感謝する。でなければ、「なんか」でしかない私たちは、確信のなさと心苦しさとから、引き下がってしまっていたかもしれない。

受け入れ先がようやくみつかり、通院中の病院と別の病院へ行くからは必要だと思いあたった私は、処方されている薬の紙を、走って部屋へ取りに戻った。はじかれたように玄関へ出て

きた姉の息子に、

「○○病院へ行くことになった」

と告げると、

「ええっ、まだ出発できていなかったの」

部屋を出てから五十分も経っていた。

誤嚥性肺炎

運ばれていったのは外科病院で、まっ暗なロビーの奥に一カ所、カーテンの向こうから灯りが漏れており、そこが処置室らしい。処置室前の壁に貼られた外来担当表を見ると、消化器、呼吸器、循環器とひととおりあり、総合病院として機能しているようだ。

処置室へ父は運び込まれ、家族はロビーで待つように言われたが、そのうち褥瘡の治療がはじまったらしい。おおーとも、ああーともつかない長い叫びが、カーテンの向こうからしてきて、処置室の入口まで思わず走り声をかける。ロビーで待つよう強く言われて再び戻るが、聞くだにつらくてじっと座っていられるものではとてもなく、頭を抱えてロビーをぐるぐる歩き回った。

やがて先生が現れ、吸いつくように私たちは駆け寄る。循環器の医師と、先生は名乗った。

四十代とおぼしき丸顔の男性で、当直のせいかヒゲが少し伸び、白衣も皺が多かった。

先生によれば、血圧が低下している、誤嚥性肺炎も進んでいるという。

「誤嚥性肺炎!?」

姉も私もひっくり返りそうになった。誤嚥性肺炎こそは、私たちが気をつけて気をつけていたものだ。噛んだものを飲み込んでいるか口の中まで確認し、噎せやすいという水やお茶にも粉末剤でとろみをつけ、細心の注意を払って避けようとしてきたのである。

「噎せるといったことは、家族が見ている限りはなかったんですが」

私が言うと、誤嚥性肺炎はそうしたあきらかな誤嚥が引き起こすとは限らない、飲み込みの力が弱くなっている高齢者では、少しずつ少しずつ肺の方へ流れていってしまっているものだとのこと。

「おうちに帰ることは、難しいと思って下さい」

言いにくそうに、医師は告げた。そして今後の対応について、話した。中立的インフォームドコンセントというよりも、患者家族の方に近づいての、親身で気の毒そうな説明の仕方であった。正確な再現はできないけれど、例えば「呼吸が弱くなってきたら、太い管を入れて呼吸をする方法もあるけど、ご本人が苦しくて、お話もできなくなるし、それはしなくていい……よね?」「体に穴を開けて栄養を入れる方法もあるけど、まるまると太って、ベッドにずっと寝ているようになるし、そこまではしなくていい……よね?」といったふうだ。

聞きながら悟った。これがよくいわれる「無駄な延命治療」の話ではないだろうか。

どこまでの治療をするか

「無駄な延命治療をしたいか」と問われれば、ほとんどの人が「したくない」と答えるだろう。が、何を指して「無駄」とするのか。ここまで急な展開を予想していなかった私たちは、知識がない。今この医師が、父を診察した上で遠慮がちに示してくれているのが、現在の父に即したガイドラインと受け取っていいのでは。

「治療していただいてもうちに帰るのは難しいだろうこと、理解しました。充分に家で過ごすことができたと思っています。この上は一日でも長くというより、本人に痛みや苦しみのないことが、家族のいちばんの願いです」

抽象的な言い方になってしまうが、それを希望として伝えると、

「じゃあ、肺炎の治療はする、もしものときの人工呼吸と心臓マッサージはしない、点滴は生命を維持するものにとどめる、ということで」

これも正確な再現ではないが、医師はまとめとして、そう言い直し確認した。

教科書的に正しい同意の得方かどうかは、わからない。が、この場合、医師が提案を含んだ説明をしてくれて救われたと、私は思っている。でなければ、動転し、かつ、延命治療に具体

的イメージのなかった家族は、どう判断していいかわからず、非現実的な選択をしてしまったかもしれない。

父はそのまま入院することになった。インフルエンザのないことを確認するためひと晩だけ個室にいて、確認できたら大部屋へ移るという。姉と二人荷物を持って、慌ただしくエレベーターに乗り込む。エレベーターは動き出すときと止まるときがったんと上下に揺れて、かなり古い。

個室はまだ温まっておらず、つけたばかりらしい暖房が唸りを上げている。ストレッチャーで運ばれてきた父は、きょとんと目を開け、その表情にはさきほどの叫び声から想像される苦悶や恐怖が何ひとつ刻まれていなかった。仰向けのまま壁や天井を不思議そうに見回している。視界を看護師さんの手が通過したとき、その手を握り、「あら?」という顔をした看護師さんと目が合って、互いに微笑んだ。

幼稚園に上がる前、母と間違えて別の女の人に抱きついてしまったことを、私は思い出した。照れて見上げる私に、「お母さんと間違えたのね」と女の人は優しく微笑みかけた。間違えて抱きついたのは、危険な人、嫌な人というオーラをその人が発していなかったからだ。さきほど受けた処置は、この場所やこの場所にいる人への忌避感を父に残していない。

私はようやく安堵し、病院を去ることができた。

地域の中の役割

翌日から入ったのは、ナースステーションにいちばん近い六人部屋だ。ナースステーションと狭い廊下を挟んですぐ向かいで、その中でも入口にいちばん近いベッドである。

同室者は高齢の男性ばかりだ。

この病院は、かつて入院していた病院と違い、なんというか全体的にがさがさしている。ナースステーションを常に人が出入りしているのと、同室に耳が遠い人が多いため、看護師さんの声が大きいせいもあろう。耳の遠い人に話すには、込み入った敬語は聞き取りのじゃまになるので、おのずと「です・ます」なしになる。

前の病院と比べて、エレベーターのみならずベッド、ロッカーなどの備品、すべてが古い。このお世辞にもセレブ感あるとはいえない雰囲気が、これはこれで私は妙に気に入った。看護師さんとの距離が近いような安心感がある。姉も兄も同じ印象を語っていた。

同室には認知症の人もいる。父と足どうし向かい合う位置のベッドの人は、しょっちゅう大きな声を出していて、私ははじめどうしたものかと思っていた。父は高齢にしては聴力がいい。あれでは休まらないのではと。

が、この人もけっして傍若無人ではなく、認知症の特徴なのかどうか、共感力みたいなものがある。状況の把握は見当外れでも、本質に近いものを察知する力だ。例えば看護師さんが、父に何かの処置をしようとする。すると、さっきまで意味不明のことを叫んでいたのに突然、

「無理強いはいけないよ」

「弱ってるんだから、ほら」

看護師さんを諭すような口調で言うのである。

無理強いとの批難はあたらないけれど、自分より弱い命がそこにあること、何かを一方的にされようとしていることが、足もとで見えないはずでもわかるのだ。そしてその弱い命を守ってやらねばと思うのだ。

「あの人、うるさいけど優しい」

「そう、気持ちは通じる人」

この印象も、兄と姉と同じであった。

「うるさい」人が、付き添いの妻が来るとたんにおとなしくなるのも微笑ましい。丸顔で日焼けし、人なつこい感じの女性だ。自営業で実は妻が貢献していて、旦那は頭が上がらないのだろうというのが、私たちが推測で作り上げたストーリーである。

この妻とは、ときどき口をきくようになった。入院費の話になって、私は彼女が何を教えてくれようとしているのかが最初わからなかったが、高額療養費の制度を利用すると戻しがあることらしい。看護師さんが来ると、口をつぐんで、私に向かって顔を皺くちゃにし、ばち

ばちっと音がしそうなほどの目配せをした。ないしょの裏技を教えてあげる、つもりなのだ。

「同室になるのも多生の縁」みたいな厚意を感じた。

姉によれば、旦那さんは結構長く入院しており、妻も自分が来るとおとなしくなることを知っているから毎日付き添いに通っていて、

「あの人も相当たいへんだと思うよ」

と言っていた。なんでこんなよそのおばさんと親しくなるかというと、父は眠ったきりなので会話ができない。ベッドサイドに長くいると、おのずと近くのおばさんと口をきくのである。

あるときお隣のベッドの人が変わった。新しく入ったネームカードには、武蔵野太郎とある。病院のある市が武蔵野市。市に提出する書類の記入見本にあるような名前だ。

テレビではよく認知症の行方不明者のことが報じられている。隣の人も身元不明者で、自分の名前がわからなくなっているので、病院でそう付けたのではないか。

いろいろな意味での、受け皿になっている病院のように感じた。

入院した日曜の晩ロビーで話した先生とは、翌月曜の午後、私ひとり改めて面談に行った。心強いことに、父の状態は昨夜より改善しているという。しかし依然として、自宅へ戻っての生活は難しい状態であるそうだ。

「でしたら家族で医療付きの施設への申請手続きを、早速進めます。ケアマネさんと前から相談していたんです」

「なら、それまでのクッションとして入院ということで」

父がたまたま日曜に具合が悪くなり、前の病院の担当医の先生の「いつでも来て下さい」が空手形に終わったのは、こうなると幸運だと思えた。急性期のあの病院では、「クッション」という言葉はどこをどう振っても出なかった。肺炎の治療が終わったら、即刻退院となる。その日から、不安定な体調と不安を抱えた日々がまたはじまる。

この病院は、あの病院とはまた別の役割を、地域の中で担っている。そして医師の多くは、実はあの病院と関係していることを知った。

私は正直、たまたま運ばれたのでなければ、父の治療先としてこの病院を選ぶことはなかっただろう。なのにこの病院と出会えたのは、父の天命はまだ尽きていないのだ。

「あの人も弱そうでいて、意外とここからなんだよなあ」

厳しい状態であることは変わりないのになぜか心丈夫になり、「から」に力を込めてつぶやいた。

危篤の連絡

治療と併行し申請手続きを進めることになり、ケアマネさんの迅速な動きで、介護度を認定する人が病院へ来てくれた。要介護度が高い方が、優先度も高まる。

認定も早々と下りた。私は認定に立ち合っておらず、報せも姉から受けたのだが、要介護5であったという。

「へえ、5ね！」

前の認定からたしか一年近く経っており、実感からしても「3」のままとは思えなかったが、5という数字にやはりインパクトはあった。

父はほぼ眠っていた。看護師さんたちがヒゲも剃ってくれていて実にスッキリとした、痛いところのどこもなさそうな寝顔であり、「家で寝ていたときより状態はいいのではないか、褥瘡を思いきって治療したのがよかったのではないか」と思えるほどだ。

が、病院から携帯にときどき電話が入るようになった。

「血圧が急に下がったので、お電話しました」

これが危篤ということなのか。

それぞれの患者や家族に事情のあることを含めいろいろよくわかっている病院なので（他の病院で危篤になったことはないので比べられないが）、「すぐ来て下さい！」とは言わない。が、要するに「もしものことがあるかもしれないので、もし死に目に会いたいなら」という電話なのだろう。

都心から病院へは小一時間かかる。急いで向かう。

着いてみると、看護師さんが申し訳なさそうに言う。

「ごめんなさい。その後血圧は上がりまして、留守番電話にお入れしたんですが」

マナーモードにしていた携帯にたしかに着信が来ていた。都心との間を一日に二往復したこともある。

看護師さんがあまり気の毒そうにするので、

「何度空振りでも結構です。むしろ万々歳ですから、これからもどうぞためらわずにお電話下さい」

と頼んだ。

講演や地方出張の予定はあるが、「親の死に目」のときと当たったら、これはもう仕方ない。多くの人に迷惑をかけるが、ありのままを言って詫びてキャンセルしよう。舞台俳優さんなどはよく「親が死んだその日も舞台に立ち、カーテンコールでは熱い喝采を浴びていた」というのが美談になるが、一般人にはそうそうあり得ないのではなかろうか。

頑張ってきた

あるとき行くと、上半身を少し起こしたベッドで眠っている父が、舌を長く垂らしていた。唇は閉ざされ舌だけが出て、重みで下へ伸びているようである。「痛くないの?」。声をかけ、アルコール除菌した手で唇に隙間を作ろうとしたが、しっかりと舌を挟んで動かない。眉は心地よく寝ているときのように開いており、他の部分は何の緊張もないのに、そこだけが思いもよらぬ固さである。歯がないので舌を噛み切ってしまうことはないだろうが、どうしたものか。

看護師さんに相談すると、

「あー、そうなるかた、よくいらっしゃるんですが、ご家族としては気になりますよね」

唇や顎を傷めないで引っ込ますようにしてみる、とのこと。翌日は口の中に収まっていた。

一日きりのことだったが、五年間の介護の中でついぞなかった現象なので、不思議の感じを胸に残した。

父はほとんど眠っている。まれに目を開けたときは、話しかける私に視線は向けているけれど、身じろぎや発話はない。達夫伯父さんの娘や訪問看護師さんが見舞いにきて、深々と顔を近寄せ話しかけてくれていたが、反応はあっただろうか。

「あそこはどうして、ああいうふうになっているの」。ベッドを囲むカーテンの上の方の模様について何度でも同じことを聞き、点滴の針を自分で抜いていた、あの入院がずいぶん前のことに思える。

掛け布団をなんとはなしに整えて、端から覗いた足に気づいた。指の数本が爪先から紫色に変色し、甲の半ばまで及んでいる。褥瘡の赤黒い爛《ただ》れとは違い、乾いてひび割れた感じである。

壊死という言葉が頭をよぎった。血圧の低下で、末端まで血が行き届かなくなったのだろうか。

「頑張ってきたものなあ」

私は思わずつぶやいた。この頃は家にいて、身動きするたび「痛たたた」小さく言って顔をしかめた。褥瘡が当たるせいか、痩せて骨のどこかが当たるせいか。座っていても寝ていても、痛みは常にあったかもしれない。オムツ替えでひとつの姿勢を保つのも、父には苦行であっただろう。横を向いてベッドの手すりにつかまっていてもらうときは、渾身の力でしがみつき顔を肩の間に埋めて、受難にただただ耐える人のようであった。

ひとことで言えば、生きるのがたいへんそうだった。これ以上、何が何でも生の側にとどまってほしいと望むのは、私たちのエゴではないかと考えさせられた。

お葬式の相談

退院のできるまでに回復し、施設で生き続けることへの望みは捨てない。一方で、葬式についても、何らかの心づもりをするときだと感じた。

母のときの経験では、人が亡くなってからは本当に慌ただしい。病院からどこへ搬送するか、その業者は誰にするか、ただちに判断を求められる。

母のときは父がすべて判断した。今度は子どもたちがしなければならない。そのときに混乱しないよう、ある程度の共通了解を持っておかないと。

葬式については、宗教にしろ形式にしろ「こうでなければ」というものは私はなく、介護にいちばん時間を使った姉の望みがあるならば、すべてそれに従うつもりだ。しかし生きているうちから葬式の相談なんて、私より情の濃いきょうだいたちは、考えることすら父に申し訳ないと拒否するだろうかとも思った。

が、何かの拍子に「もしものときのことなんだけど」、姉の方から話題に出した。

姉の縁のあるお寺が、父の家から比較的近く、父もこちらに引っ越してきてから姉とときどき顔を出し、住職をはじめ信徒の皆さんにも親切になった。そこでお世話になろうかと。お寺でお経を上げていただき、お葬式もそこでできる。

参列者は母のときは仕事関係の人も多かったが、「家族だけで送る、小さなお葬式でいいよね」というのが、兄も姉も一致するところだった。きょうだいと姉の息子二人である。介護のため五人で凝縮した時間を過ごした果ての送りとして、私もそれが自然と感じられた。

家族だけでお寺でといっても、お寺へ搬送するところからプロの業者に関わってもらう必要がある。火葬場のこととかそれに要する届け出とか、私たちはまったくの無知だ。

どこの業者に依頼するか、私がパソコンで探しておくこととなった。親の見舞いに通うかたわら、お葬式について調べるのは後ろめたいが、

「そのときになってジタバタして、ああでもないこうでもないと子どもたちで揉めたら、その方が親不孝なんだ」

と自分に言い聞かせる。

「小さなお葬式」で検索すると、なんとそのまんまの名前の業者があった。読めば追加料金一切不要で、顧客満足度も高くて、悪くなさそうだ。パンフレットを取り寄せ、きょうだいでカラー写真なども見ながら検討し、

「お通夜から初七日まで全部入っているし」

「祭壇とかもチャチじゃないよね」

そこにお願いすることで固まる。むろん、

「別に、今すぐどうってわけではないし」

「情報だけ得ておいて、出番がなければ、それに越したことないし」

「そ、そうだよね」

それぞれに、そう付け加えることを忘れない。

「そのとき」のため業者の電話番号をメモして、財布に入れた。

送る言葉

入院からひと月近く経ったある夜の十二時半過ぎ、家で仕事をしていると携帯電話が鳴った。

「夜分すみません。○○病院の看護師ですが」

「そのとき」が来た、と私は感じた。

「血圧が急に下がったので、もし間に合いたければ……」

遠慮がちな口調はいつもと同じだが、「もし間に合いたければ……」はこれまでになかった言葉だ。

「行きます。タクシーさえつかまれば十五分以内に着きます」

即答すると、

「急がないで、気をつけておいで下さいね。私たちもお世話していますので」

あくまでも控えめなコールなのだった。

兄のところからも姉のところからも電車はもうない時間。姉から兄に伝えてもらい、二人とも朝一番の電車で来るとして、それまでに何かあれば姉と連絡を取り合うことにする。

暗いロビーを突っ切って、がったんと鳴るエレベーターでいつもの階へ。廊下も暗い。

人の死は生と連続的だということを、この夜私は間近に知った。父は苦しげな呼吸をするでもなく、かすかな寝息を立てており、その顔はいつも寝ているときと変わらない。

臨終近いのはほんとうだろうかと訝しむが、そうとあらば安心して行けるようにするのが、立ち合うことになった者のつとめだ。聴覚は最後まで残ると、何かで読んだ。耳元で、静かな声で語りかける。

「葉子です。そばにいますよ」

介護の間で身につけた、昔ばなしでも読むようなゆっくりとした口調である。

「長い間、優しくしてくれてありがとう。××も××も××も、みんなお父さんが好きです」

××には、最後の五年間を共に過ごした兄や姉、姉の息子の名前が入る。

「みんなで仲良く、楽しかったね」

介護中、父の発話がだいぶ少なくなってから、父にとって何がいいのか知りたく、思いきって私は訊ねたことがある。どんなときが幸せと。父は答えた。

「みんなが仲良く楽しそうにしているとき」

質問が通じたこと、長いセンテンスが返ってきた驚きと同時に「ああ、そういうことなのかと」妙に得心した。あまりに平凡で拍子抜けするような答だが、人は結局そういうことに幸せを感じるものかもしれないと思ったのだ。そのやりとりを思い出し、「仲良く、楽しかった」を送る言葉に選んだ。

聞こえているかいないのか、父の寝息は続いている。

もう一度、同じせりふを繰り返してから、しかしこう何でもかんでも過去形にするのはどんなものかと、迷いが生じた。死にかけた体験をした人はよく「家族の呼び止める声が聞こえて、引き返した」と言うではないか。私は逆に、幸せでしたね、心おきなく、みたいに背中を押して、むしろ進んで送り出すようにはならないか。そう気づき、慌てて、

「これからも楽しく仲良く過ごしましょう」

付け加える。

足もとの方のベッドにいる「うるさいけど、優しい人」のおじさんは、例の独特な共感力でもって、何かを察知するようだ。

「お嬢さん！　そんなところでこそこそ喋ってないで、こっちへ来て、いっしょに楽しくやりましょうよ！」

と叫ぶ。私に言っているのか、あるいは今しも父の体を離れようとしている魂を懸命に招くのか。お気持ちはありがたいが、看護師さんが、

「大きな声出さないで！　今、具合の悪い人がいるんだから、静かにしてあげて頂戴！」

と叱りつけ、なんだかしっちゃかめっちゃかになってきた。いくら囁き声でもずっとしていては、他の人の眠りを乱しそうで遠慮される。

別れの時間の終わり

声をかけるのはときおりにとどめ、父の寝息に耳を傾ける。息を「引き取る」の表現があるように、最後の息は吸うという。吸って、それきり後が聞こえず、

「もしかして今、亡くなった……？」

とベッドの足もとの方にあるモニターを見にいくと、少し間があって、再び吐く音がする。

文字どおり、息を吹き返すのだ。

「お父さん、葉子です。そばにいますよ。長い間……」

送る言葉をまたはじめ、足もとのおじさんが唸って、はっと口をつぐむ。周囲を気にしたり、モニターに目をやったり、このままでいいのかどうか看護師さんに聞きにいったりと忙しない。もっと落ち着いて、かたわらにいるべきだった。病院も心臓マッサージなどをせず、家族だけの別れの時間をせっかく設けてくれたのに。

死にゆく家族とひとりでじっと共にいる肚が、私には据わっていなかったのだ。親の看取りに際しての最大の反省点であり後悔だが、これればかりは今後に生かしようがない。

話しかけたり止めたりベッドサイドをうろうろしたりを、一時間以上続けていただろうか。ふと見ると、モニターの線が全部フラットになっている。

「もしかして、もう亡くなっている……?」

父の見た目は、何も変わらない。体温もある。しかしやっぱりとりあえず看護師さんに知らせた方がいいのでは。モニターの故障ということもあり得なくはない。

「あのー、すみません」

のこのことナースステーションに顔を出す。

「モニターがフラットになっているんですけど、これでいいんでしょうか」

モニターをチェックすると看護師さんはいったん去って、白衣の医師と戻ってきた。白衣を慌てて身につけたのか、ボタンのひとつがボタン穴から半分だけはみ出ていた。

父の脈をとり、瞼を持ち上げペンライトで瞳孔を照らす。黒いビー玉のような小さな闇がそこにあった。

「ご臨終です」

と医師が告げる。次いで腕時計を見て、

「二時十分です」

看護師さんと揃って一礼する。

ドラマでだけ知っていた「ご臨終です」は、このためにあったのかと、私は深く得心した。

生と死は連続的だ。どこかで誰かの宣託が要る。

実態としての生と死は、何時何分をもって線を引いたように分かれるものではないのだろう。

家族は長い別れの時間の中にいる。

が、どこかで区切りをつけて、先へ進まなければならない。そのための所作、そのための言葉。すぐれて儀式的なのだ。

医師の白衣の象徴性も、同時に感じた。臨終を告げるときの医師は、青い手術着でなく、白衣がふさわしい。

父の身支度が調えられる間、家族は病室の外へ出る。私にはここから、することがある。

ロビーで姉や「小さなお葬式」の業者に電話する。二十四時間対応可と聞いている。つながったのはコールセンターで、そこから近くの業者を探し、私の携帯へかけるそうだ。お寺への連絡は、姉を介する。夜中なので、お寺との調整にも時間がかかる。ここを出たら、途中どこかに車を停めて、お寺が起きるのを待つわけにいかない。お寺の受け入れ態勢が整わないうちは、業者にいつ迎えに来てもらうか、その時間が定まらない。

父が霊安室へ移ってからも、携帯電話が鳴ったり、その話の結果を伝えにまたかけに出なければならなかったりで、ロビーとを行ったり来たり。ゆっくりそばにいることができない。

看護師さんは業者が何時頃到着するか、ロビーまでしゅっちゅう聞きに来る。当直の人が変わると、その人がまた訊ね、入れ替わり立ち替わりだ。

妙に急かすものである。手厚かった病院が、亡くなると急にこうも追い立てるように出すものだろうか。次に霊安室に入りたい人が、誰かもういるのだろうか。霊安室はひとつしかないのだろうか。

「何時までいさせていただけますか」

私から逆に聞くと、看護師さんは口ごもりつつ返答した。

「お部屋の方はいいんですけど、冬とはいえ、仏様の方が心配で」

冬とはいえ、のひとことで、謎は解けた。

生体としての活動を、父はすでに停止している。ここからは新陳代謝、免役システムといった機能は働かず、有機物一般として解体へと向かうプロセスに入る。高温の夏はそれが速いが、低温であっても、緩やかに、だが確実に進んでいく。それに対する処置が、いち早く求められている。

どこか半信半疑のまま過ぎてしまった父の死を、紛れもないこととして実感した瞬間だった。

私はもう家族から遺族になったのだ。

五年間にわたる週末介護は、この日終了した。

11章

振り返ることごと

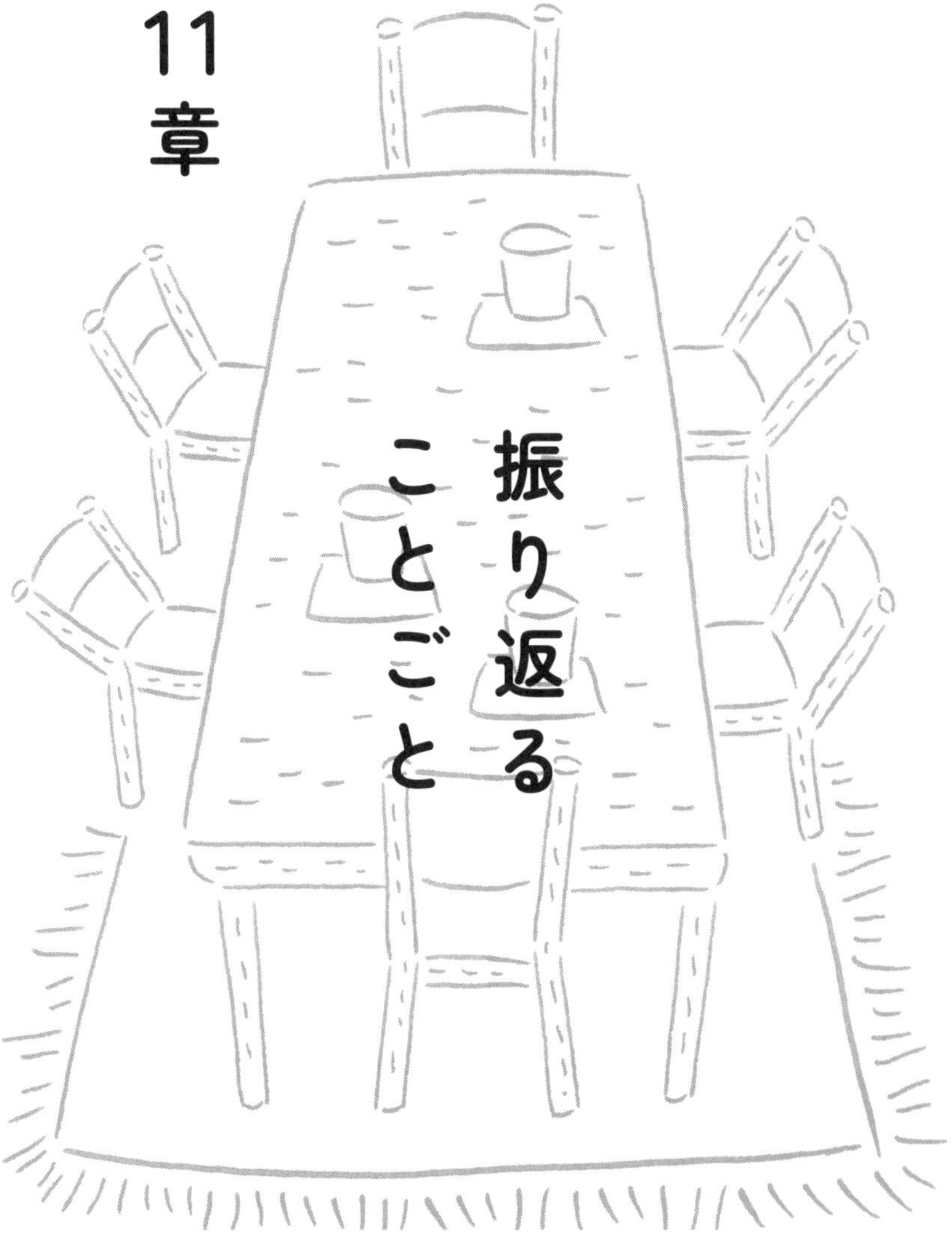

虚脱状態

家族の中心である父が亡くなり、私たちは呆然としてしまった。別々の暮らしをしているきょうだいやその子どもたちまでこの家に集まって、連絡を密に取り合い、協力してことを行ってきたのも、父あってこそだ。

まん中にあって家族を束ねる強い力がなくなって、私たちは突然糸の切れた凧のようになってしまった……と言うのは修辞であって、この五年間の習性は急には変わらず、現に父をお寺へ運び、お経を上げてもらった後も、みな寝不足なのにすぐに解散とはならず、そのままなんとなくぞろぞろ父の家に帰ってきた。

みなさんほとんど何も食べていないでしょうからと、駅構内の店で買ってきたサンドイッチをテーブルに並べ、とりあえずお茶など入れる。

「はあ。まあ、ずいぶんみっちりお経を上げてくれたよね」

「今晩もお寺にいさせてもらえて、安心だよね」

寝不足と疲労で頬の下がった顔を突き合わせ、虚脱状態でお茶をすする。翌日の夕方から通夜、翌々日の昼が葬儀だ。

実は私は翌日の午後、取材が予定されていた。撮影を伴う取材で、カメラマン、ライター、編集の少なくとも三人が家に来る。場合が場合だから断ることは許されると思うが、さまざまな人のスケジュールを調整してのものだから、直前にキャンセルするには相応の理由を言わないといけない。口にすればとたんに悲しみが溢れ……と言うのも修辞で、そこまでの激情はないけれど、訳を話せば、お悔やみの言葉のひとつも受けることになるだろう。それに対してまた社会人らしい挨拶を、といったエネルギーがどうもわかない。

時間的には取材を終えてからでも、通夜に間に合う。

「不謹慎かな。会社員なら、親が死んだら何日間か忌引きとかあるんだろうけど」

家族に事情を言うと、

「いーんじゃない？　予定どおりで」

「言えば向こうも『あ、そうですか』ではすまないだろうし、『だったら供花を。いつなら送っていいですか』みたいな話になるし」

「周りにもなんとなく知られていくだろうしね」

母のときは新聞に訃報が出て、仕事関係者もずいぶん来てくれたが、そうした「死の社会化」をする雰囲気では、今回はない。あのときは十六年前で自分も若かったからできたのか。介護の末ではなく、突然死に近い病死だったので、そんなふうな形をとることで昇華する必要があったのか。

訃報によく供花、香典いっさいを固くご辞退という添え書きの付いてくることがあり、かつての私は少々水くさいとも頑なようにも感じていたが、父の死に際して、「わかるな」とつくづく思った。同時に、人の葬儀について批評めいた感想をもらすことを、今後けしてすまいとも。葬儀の後、「あれはおかしい、葬儀とはこれこれこういう意味もあるのだから、それに照らし合わせれば……」みたいなことを言う人がいるが、そこに至る背景はそれぞれだ。多少違和感を持つことはあるかもしれないが、家族のした選択なら、私は何も言う気になれないだろう。

三日目の葬儀まで、つつがなく終了。お寺もネットで探した業者さんも好印象で、

「自分のときもここにしようかな」

と兄がつぶやき、「さすがにまだ早くない？」と姉と私が苦笑する場面もあった。

室内の様変わり

葬儀を内々にすませて、香典返しのような実務は今回はないわけだが、それでも結構することはある。役所や銀行などの手続きは兄、介護関係は姉、私は病院関係だ。

レンタルしていた介護用品は、返却する。姉の立ち合いのもと、業者さんが引き取りに来た。電動ベッド、室内用車椅子、車椅子用のテーブル、歩行補助具。

この間ずっと置いてあり、室内の風景と化していたものがなくなって、家の中は急にがらん

としてしまった……これも修辞で、現実にはそんなに急に片づかない。むしろ逆だ。ベッドの足元に置いていた紙オムツの山。ベッドの頭の方に積んであった着替えやタオルの山。それらの山がベッドという押さえを失い崩れてきて、ベッドのあったスペースに散らばり、室内は空きができたはずなのに、変に雑然とした印象だ。

それすなわち私たちの心象風景である。

レンタルでない介護用品は、父のいた頃同様、家のあちこちに転がっている。防水シーツ、食べこぼし用防水ケープ、うがいコップ、お尻を洗うシャワーボトル、皮膚の乾燥につける塗り薬、誤嚥を防ぐためとろみをつける粉のスティック袋、栄養補助ドリンクの缶。トイレの手すりも撤去されずに残っており、それはそれで生々しいのだった。

仕事関係者には言わなかったが、親戚に黙っているわけにはいかない。母のときのように、親戚の連絡網を使っていっせいに、ということはしなかったが、母方のいとこには姉から、父方のいとこの二人には私から知らせた。ひとりは他でもない達夫伯父の息子、もうひとりは社会での関係から私とたまたま縁がつながり折にふれメールを送り合う人である。それぞれ弔問に来てくれることになる。

日は別々で、私の週末は介護から、弔問とその準備のための日と変わった。

間の悪いことに、父の家のトイレの電気が壊れてしまった。ドアを閉めるとまっ暗だ。家族は、ドアを少し開けたまま廊下からの光で用を足していたが、親戚のそれも年上の人たちに、

まさか、

「懐中電灯を持ってトイレに入って下さい」

というわけにもいかない。私の家で弔問を受けることにした。

それには前もってお骨と遺影を、父の家から移しておかないと。これが意外と、難題だとわかった。

お骨は白木の箱と白い四角い布包みに入ったものだが、非常に重い。骨そのものの重みと骨壺の重みもあるのだろう。

銀のパイプのキャリーカートが、父の家の玄関にあることはあるが、それに載せていくのはためらわれる。振動でお骨が粉々になりそうだし、何よりも地面を引きずることに抵抗がある。サイズもかなり大きくて、家にあるエコバッグには入らない。風呂敷をかけても一部ははみ出す。誰が見ても「お骨を運んでいます」というのがあきらかで、喪服ならまだしもふつうの服で、それを持って近所をうろうろするのはこれまたためらわれる。

人目のある昼間は避けて、前夜のうちに移すことにし、お骨を両手で抱え、遺影は持ち手の長いエコバッグに入れて肩から下げる。

弔問がすむと、その晩再び、父の家へ戻す。週末の夜は、そのかっこうで父の家とを往復した。

父の年下の友人、佐藤さんは、たまたま家族がいないとき弔問に来たようだ。認知能力が衰えてからも変わらず父のところへ遊びに来て、節分のときは鬼の役までしてくれたこの人を、葬儀にお招きせず、父の生前の姿のあるうちお別れをしてもらわなかったのは、私もずっと心残りだった。弔問の親戚と父を偲ぶ時間はおおいなる慰めだったが、そうであるほど、ひとりにしている佐藤さんに申し訳なく感じていた。

来たことを知り、姉が詫びの電話をすると、

「おうちでお骨を抱かせてもらいましたから」

とのことだったそうだ。

その人が来たとわかったのは、リビングのテーブルの上に父の家の鍵を返してあったからである。その人らしいけじめを感じた。

親の家を片づける

お骨をお寺に納めた後も、父の家を片づける気になかなかなれずにいる。しかし、いつまでもこのままにしておけるものでもない。

姉一家の生活拠点が二つになっているのも、気がかりだ。介護の間姉はずっと行ったり来たりだったし、後半は泊まり込みで手伝うことの多くなっていた息子はこの家にも自室を持っており、いつまでに引き払うかわからないのは落ち着かないだろう。

思いはいつになったら断てるというものでもないので、期限を定めてしまおうと、誰からともなく言い出して、父の死のほぼ半年後にあたる八月末をもってこの家を空けることにした。それまでに計画的にものを減らしていかないと。半年後といえば先のようだが、週末の数は知れている。

家の近い私は、週末ごとに来ては捨てるものを袋詰め、あるいは紐で束ねるなどして、ごみに出す準備をしよう。市役所に粗大ごみの申し込みをして、シールを貼ろう。それには捨てていいものと、そうでないものを聞いておかないと。

家族の集まるときに、仕分けのためのマジックペンと紙を持っていき、どれは処分していいか、どれは誰の家に持っていきたいかを問い、紙に書いて貼ろうとするが、どうもうまく運ばない。要領を得ない答で、そのうち別の話に流れていってしまう。

やがて、私のしようとしていることは、どうやら家族にとってつらいらしいとわかった。家族にしたら、たしかにそうだろう。父の家で遺品を手にとり父をしみじみ偲んでいるところへ、マジックペンと紙を手に乗り込んできて、さっきまでしていた仕事の余勢でもって、「これは処分していいの？　これはどうする」と変にてきぱき即答を迫り、差し押さえの紙みたいにべたべたと貼りはじめたら、心情は穏やかでないはずだ。

介護を長くしていた久田恵さんのエッセイにこうあった。「親亡き後、黙々と家の片づけをしたけれど、私にとってそれは親との大切な会話でもあり、大切な別れの儀式であった」と

(『今が人生でいちばんいいとき!』海竜社)。

私は自分の考える合理性とスピードでもって事を進めようとしていた。人の大切な別れの儀式に土足で踏み込むようなことをしてはいけない。家族はまだ喪の途上にあり、回復のペースはそれぞれなのだ。

私もむろん喪失感はある。特にこの家には思い入れが深い。こういう形で介護できたらという理想があって、場所だけ先に探しておいたが、それは一種の賭けだった。がんの既往症もあってローンを組めるかどうかわからなかったが、そこはどうにか乗り越えて、幸いみなも来るようになり、家族再集結を果たすことができた。

せっかくそこまで作り上げた態勢を、自分の手で解体し無に戻すのが虚しくないと言えば嘘になるし、正直寂しい。その感情を封印すべく、差し押さえの紙みたいなものをてきぱき貼りはじめた面もあるのだ。

「もういっそ、ずっとこのままでいいから、姉たちが気に入ってくれているなら、こっちに引っ越してきて住んでもらっていいからって、喉まで出かかる」

兄に洩らすと、

「いや、それは無理無理無理無理。わかるけど、早まらないで。先々何が起こるかしれないし、かえってリスクを負わせることになる」

と諫められた。たしかに、フリーの仕事でいつまでローンを抱えていけるかわからず、そのときになって急に立ち退きを求められても向こうは困る。そもそも七十八歳までローンを払い続けていくことから、現実的でない。月々の負担を軽くするため、ローンは三十年もの長さにして組んだのだ。

兄と相談し、荷物を減らせるなら減らすが、姉にそれを強いることにならないようにと話し合った。兄も私も平日働いているため、片付けを進めるのは主に姉になるけれど、誰よりも介護に深く関わってきた姉に、ものを捨てさせるのは酷である。最終的にはいっさいがっさい兄の家へ運んでしまってもいい、兄が父と住んでいた郊外の家なら置くスペースがあるということで、荷造りごと頼める引っ越し業者を、兄が手配することになった。

追いかけっこの時間

弔問が一段落し、週末ごとの片付けはとりあえずしないことになり、ある日曜の夕方早いうち、私はジムに来ている。軽く運動した後シャワーで汗を流し、広い浴槽に身を沈めた。ジャクジーに背中をあずけ、天井を仰げば白く波形で、透明の水滴がたくさん付いている。あれだけ水滴がつきながら、落ちてこないのは不思議だ。

波形に何か秘密があるのだろうか、波形をしているとは知らなかった、などと考えてから、

「こういうことが、私なかったのだなあ」

ゆっくりと風呂につかり、上を見るという時間が。父から目が離せない状況になってからはジムへ抜け出すことはなくなっていたし、平日の夜来ることはあっても、いつもカラスの行水だった。

週末の時間がまるまるなかったわけではない。はじめの頃は兄が土曜の夕飯まではいてくれたし、後半は姉の息子が泊まるようになり、私は土曜の夜に来て、いちど帰り、日曜の朝に出直せばよかった。が、気持ちとしては一週間を五日とし、その中に家事と仕事を詰め込んでいた感がある。

介護のはじまる前は週末にまとめてしていた家事は、平日にするか省力化するかした。洗濯は平日へ。朝にすると、原稿を書きはじめた頃脱水終了の音に呼ばれるので、夜に。前は「夜に洗濯物を干してはいけない」と言われるのを守っていたが、宵越ししていいことにした。浴室乾燥の設備はなく、外干しだ。ホットカーペットカバーや寝具といった大物を洗うタイミングは難しい。土曜までに乾ききらないと「あとちょっと」のところで日曜に雨に降られ、次の週やり直すことになる。計画的に洗濯しないと。

同じく週末にしていた草取りは放棄。マンションの一階で専用庭があるのだが草は伸び放題で、洗濯物を干すと洗濯物に届くくらいだ。専用庭の管理は住んでいる人の責任である。このままではさすがにまずかろうと、マンションの生け垣を剪定に来る業者と交渉し、別料金を払って依頼することにした。

掃除はロボット掃除機に。食洗機は、節電を考え一時期止めたが、使用を再開。省力化はアウトソーシングか機械化になるが、お金で時間を買うことともいえる。

買い物は店に行く時間を節約して、ネットが多くなる。服や鞄は特にそうだ。そのぶん失敗も多くなるような。

管理組合の役員は毎年くじで決めるが、くじで外れているのをいいことにずっと逃れている。父のマンションの管理組合の役員は当番制で、これは近隣との関係を作るためにもつとめる。

仕事を続けて

仕事は介護のはじまる前から続けたいものだと思っていた。実際にはじまってからは、介護の態勢を維持するための必要条件となった。

皆に集まってもらって分担で介護を行う、その家のローンを払えるだけの収入は得なければ。他方、仕事に使える時間は減る、折からのリーマンショックで単価は下がる。長期的にも出版をとり巻く状況が変わっている中、なんとか続けていかねばならない。

ひとつの原稿は、なるべく週末を跨がず終わらせたい。書きかけだと、親の家から帰った後、なかなか元のところに戻れないからである。残りを書き上げるまでに、平日に続けてするのと比べ倍の時間がかかってしまう。

親の家に持っていってできることもある。書評の本読み、資料読み、比較的直しの少なそうな校正、税理士さんに出すための領収書の整理など。持っていってできることと、できないことをあらかじめ分けてスケジューリング。できないことは平日のうちに、できることについては持っていくべきもの、すなわち必要な本や資料を、週末に間に合うよう集めておく。取り寄せるなり、ネットで調べられるものはプリントアウトしておくなり。アマゾンのプライム会員には、迷わずなった。

プリントアウトというのは、親の家ではネットを使う環境にないからだが、介護がだいぶ本格化してきた頃、兄が申し込んで料金も兄の口座からの引き落としで、知らない間につなげるようにしてくれていた。これは助かる！

そもそも父本人からして、かたわらで仕事のできる人なので助かる。ダイニングテーブルの椅子なり室内用車椅子なりで基本的に穏やかに過ごしているし、私が資料読みをはじめると、「今は勉強の時間」と思うらしく、兄が買ってきて食べた寿司の包み紙などを、自分の正面に四角く置いて、印刷されている魚偏の字に真面目な顔でじっと目を当てている。非常にかわいい。

しかしそれでも、プレッシャーは相当あったらしい。よくこんな夢を見た。気がつけば試験前。準備は何もできていない。間に合わないかもしれないが、今からでもなんとかせねば。短期間で読み切れそうな本を書店で買い込み、帰ってくる。すると行く部屋行く部屋、ドアを開けても開けても、どの部屋にも家族がいて、集中できない、ああ！　焦りと絶望で頭を抱える……というもの。

毎回毎回同じパターン。試験前が締切前というのは容易に想像つくけれど、私そんなに追われているっけ？　締切のある生活は四半世紀続けているし、数としては以前より少ないのだ。三日にあげずと言っておおげさでないくらい、しょっちゅう見ていたその夢を、介護が終わるとぱったりと見なくなった。脳内のその夢を生産する部分が抜け落ちたように。

「わかりやすいものだなあ。嘘がつけないものだなあ」

締切そのものにではない、週末必ず親の家へ行くというサイクルに追われていた。三百六十五日介護の人もいっぱいいる、これしきのことを「ストレス」と思ってはいけないと自分に言い聞かせていたけれど、介護と仕事との両立は、無意識の世界では相当プレッシャーだったのだ。

通っている漢方クリニックからは、寝つきをよくする薬を処方してもらっていた。週末のみならず平日の夜ベッドに入ってからも、神経が変に緊張していることが多く、布団を変えてみたり、体を疲れさせそちらから眠りに引きずりこもうと突然運動をはじめたり、四苦八苦していたのである。一般の導眠剤だと今度は、親に何かあったとき起きられないと困るが、漢方ならそこまで劇的な効き方ではない。

介護が終わってからはそれを飲むことも、いっきに減った。

食養生との両立

両立が課題といえば食養生もそうである。休息がとりづらい中、健康のとりでは食だ。

私は病気をしてから続けている食養生があり、週末もそれを維持しようとした。

私の食養生は漢方の先生に指導されたもので、人に言うとたぶん「病気がきっかけで、変なものにはまってしまった人」と思われるので詳しくは話していないが、実は厳密であり、調味料も使えるものが決まっている。手に入りにくかったり少量生産だったりするので、塩、醤油、酢などは小分けにして親の家に置いておき、米、味噌、野菜などはそのつど持っていっていた。

徒歩十分の親の家へ行くのに、米、味噌までバッグに詰めて飯盒炊爨《はんごうすいさん》にでも出かけるような騒ぎである。それに仕事の本や書類、あわよくば行こうと思うジムでのウェアやシューズも入れると、なまじの出張より大荷物だ。

行き来の便に自転車を買ったが、前かごに入りきらずに、ハンドルにも下げる。

私の食養生では、肉、卵、牛乳を原則、とらない。蛋白質は魚と大豆。それを父の食べられるものと両立させようとすると、メニューがマンネリ化してしまう。父がものを噛めないので、野菜は細かく刻んで白和えにするか、油揚げのみじん切りとだしで煮るか。魚は、青魚の干物は父にとっては硬いので、煮魚を家から作っていくか、白身魚の切り身を蒸し焼きにする。言うとますます細かいのだが、魚は養殖より天然物を漢方の先生から推奨されており、鯛や平目をそのつど二人分、しかも親の家でとる少なくとも二食分を買うと、結構高くつく。比較的安くて、かつ、やわらかく父も噛みやすいのはサワラになる。

「これ、何？」

「サワラ」

というやりとりを毎週毎週繰り返すので、ものごとを忘れていく一方の父も、それだけは覚えてしまったらしい。

「これ何？　サワラ？」

と答付きで聞いてくるようになり、私はうなずきながら、それほどワンパターンなのかと苦笑する。父は自分の答が合っているものだから、非常にうれしそうである。

野菜は根菜のシーズンになると、蒸して持っていきそのまま食べるか、つぶしてペースト状にするというバリエーションが加わった。

食養生には調理器具の問題もあり、煮魚を作るのとか根菜を蒸すのとかは、慣れない鍋でするより、自分の家で蓋の厚い鋳物鍋とか圧力鍋でしてしまう方が、早くて失敗がない。

金曜夜か土曜は、父の家に持っていく魚や野菜の買い出しデーとなった。

「スープの冷めない距離ね」と遊びに来たいとこの和子さんに評された、徒歩十分、自転車で五分の家でもその「スープ」が運べないときもある。悪天候のときだ。

平日の昼間は原則、姉が来ていたが、台風の直撃が予想されていたある日は、私が代わりにお昼を持っていくことになっていた。

直撃の時間が、ちょうどお昼の時間帯と重なる。傘はさせないので、消防服に似た防水のレインコートとパンツに身を包み、出かける準備をしていると、仕事先の兄から電話がかかってきた。テレビでニュースを見ていたら、トタン板なんかが飛んでいる、行くのは無理。お昼を抜いてもだいじょうぶ、夕飯を早くするようにするからと。その頃はまだ兄が平日の夜ごとに帰ってきていた。

台風に比べて雪の方が、風がないぶん与《くみ》しやすい。家にいると宅急便から電話があり、荷物を預かっているが雪で車の走行が不能になっており、配達ができないと。はじめてのケースだ。それでも歩くのには支障がない。積もった雪を長靴で踏んでいけばすむ。東日本大震災の後、宮城で一日だけ瓦礫拾いをしたとき買った、安全靴というゴム長靴がたまたまあったが、こんなときに役立つとは思わなかった。

自分のアンチエイジング

食と並んで運動も、健康のとりでだ。先述のように私は、自分の生活圏に父に来てもらったのをいいことに、前から週末行っているジムも継続しようと目論んでいた。

ジムの青い窓を父に見せては、

「いないときは、あそこにいるからね」

と指さし、抜け出す態勢を着々と整えていたのも、先述のとおりだ。

が、父の状態が進んでくると、その一時間を抜け出すことができなくなる。一方で、筋肉の重要性はますます増してくる。介護そのものが、父の体を持ち上げる、支えるという筋肉を要するものになる他、自分の将来を思うと、筋肉のだいじさが身にしみるのだ。

特に足の筋肉は、ものにつかまりながらでもほんの一瞬、尻を浮かせて便座に移れるかどうかが、排泄の介護においては極めて大きい。そして筋肉は、何もしなければ一年に一パーセント落ちていくといわれる。

そこで私がはじめたのは、加圧トレーニングだ。週に三回のジム通いより、週一回三十分の加圧トレーニングの方が効果があるといわれるもので、たまたま自分の家のそば、父の家よりもっと近くにみつけて、平日に行くようにした。

そこは予約制で、当日キャンセルができない。一回ぶんの料金がかかってしまう。実は一回が六千円＋税もする。この非情とも思えるシステムが、私には合っていた。「時間のあるときに行こう」と思っていたら、絶対行けない。時間なんて、ないのである。

この日の何時と予約したら、仕事と同じ位置づけで手帳に記入する。取材やインタビューなどは、その日時を外してスケジューリングする。

むろん家で執筆していて、予約時間が迫り、「あー、加圧さえなければ。このまま続けられたら、今日中に書き上げられるのに」と焦って泣きそうになることはしょっちゅうだ。当日キャンセルしたい思いに駆られるが、六千円は痛すぎる。三千円だったら放棄してしまったかもしれない。

運動を続けるとは、それほど困難なことなのだ。

これは介護が終わった後も、通っている。年金生活になったら続けられないが、とりあえず行けるところまで行くつもりだ。

説明が後になったが、加圧トレーニングとは、腕や脚のつけ根にベルトを巻き圧をかけて行うことからそう呼ばれ、詳しいしくみは忘れたが、そうすることで成長ホルモンがふつうの二百倍だか出るため、短時間でも効果が得られるという。

そして思わぬ副次効果だが、美容にもいいそうだ。肌が前より若返ったような気がする。

介護をはじめてから私は、親と併行して自分も年をとっていくことを、逃れようなく感じた。介護の間に五十という年を迎えたせいもあろう。健康管理と併せて、できれば「美容管理」もしていきたいが、美容にかける時間はなくなる。美容院は行くとしたら平日だが、その時間をなかなかとれない。

たまたま仕事で髪を切る取材があり、はじめてのサロンだったがそこでカットしたら、伸びてもあまり型が崩れず三ヶ月もった。それまでのところは一ヶ月半でどうにもならなくなっていた。取材したサロンの方が遠いが、回数は半分ですむのだ。

そこにも、今でも通っている。

エステには介護中も今も行っていない。私の顔は皮膚が薄いらしく、前に皮膚科に行ったらこするのがいちばんよくなく、クレンジングもできるだけ控えるよう言われた。同様の理由で、マッサージもせずにいる。加圧トレーニングのとき、顔の筋肉も動かすようにしていて、それなら時間を増やさずにできる。

それと五十歳から婦人科でホルモン補充療法を受けている。更年期症状を緩和するとは知っていたが、婦人科の対馬ルリ子先生との対談で、女性の認知症リスクを男性並みに減らすことが期待できると聞き、次の月にはもう先生の診察室にいた。

将来の介護予防のためにはじめたものだが、皮膚の乾燥が改善して、結果的に美容管理になっている。

これも今でも続けていることを思うと、介護中に身につけたアンチエイジングの方法は多い。

ファッションをどうする

美容のついでにファッションの話もしたい。

さきに書いたように父については「きれいな老人をめざそう」を合い言葉に、おしゃれを心

がけていたが、自分の方は、

「介護中の服装は、保育士さんに似てくるな」

と思っていた。ストレッチ性のあるパンツにエプロン。自転車で行き来することもあり、スカートはまったくはかなくなった。

夜中の鼻血事件のようにいつ何が起こるかわからないから、パジャマは不向き。ジャージがいちばん便利だ。裾もまくりやすいし。

しかし何かでこんな言葉を読んで、思い直す。毛玉だらけのジャージを着ている女は、毛玉だらけのジャージしか似合わない女になっていく、だったか。コンビニに行くにもジャージにサンダルをつっかけて、といった生活スタイルの人に「もっと緊張感を持て」と促す内容だったが、なかなか鋭いものがあった。

考えてみれば、常に暖かく保たれている親の家は、おしゃれをして過ごすのにうってつけだ。私の家は寒いので、冬は防寒最優先になる。濃いグレーのウールのニットワンピースを毛玉ができようがしみがつこうが、どうかすると十一月から四月の半年近く着通している。

ちょうど仕立屋さんで作った、コール天生地のワンピースがあった。「リバティ」という英国の老舗が作っている生地で、薄いグレーにパープル系の小花柄だ。駅ビルの中の生地屋さんで、秋口にみつけて心ひかれ、家までの通り道にあるイージーオーダーの店に、必要な尺など聞いて、依頼した。

楽しみにしていたが、綿のコール天はウールより保温性がなく、仕立て上がってくる頃は着る時期を過ぎてしまっていた。これを親の家に置いておき、介護の服装にしよう。この下にレギンスをはけば動きやすいし、生地としてはニットより丈夫。汚れるのは免れないだろうけれど、綿だからがんがん洗える。いずれにせよ着ないでしまい込んでおくのが、いちばんもったいない。

父としても、家の中をうろうろする人間（私）が、あんまりずず黒い服装をしているより気分が明るくなるのでは。小花柄は、父の少女趣味に合いそうだ。

これは名案だった。小花柄に父は予想以上にみごとに反応した。朝起こしに部屋へ入ると、目を半分開いてから、私の顔より服をしげしげと見て、

「きれいだねえ」

ベッドに寝たままのうちから感心している。

「どうしたの、これ」

「作ったの。リバティって知ってる？」

英国趣味もある人だからそう聞くと、

「知らない」

「イギリスの生地のお店で、こういう小花柄が有名で」

「そう、きれいだねえ」

「そう」のところに力をこめて、深く頷く。

じまん話は何度でも

次の週末も、ソファに座っている父の前を、洗濯物を抱えて行ったり来たりしていると、

「きれいだねえ」

「ん？」

「どうしたの、それ」

「あ、この服。作ったの。リバティって知ってる？」

「知らない」

「イギリスの生地のお店で、こういう小花柄が有名で」

「そう」

やがて気づいた。父にはこういう話を何回したっていいんだ、と。

好きな生地をわざわざ仕立屋さんに持っていって作ったくらいだから、この服に思い入れはあり、誰かに聞いてもらいたい気持ちもある。目に留めてもらって、褒められればうれしいし、来歴を語りたくもなろう。

むろん社会人で、いい年をして「この服はリバティの生地で……」と言い出すなんて、あり

得ない。

父には、できる。父もリバティなんてちんぷんかんぷんで興味はないかもしれないが、内容はどうあれ、自分といる人間が楽しそうに話している、そのことが父にはうれしいのだ。いわば双方ハッピーになれる。

しかも、何回だって話していい。「またか」という顔をされることは絶対ない。そのつどはじめて聞いたような、新鮮な相づちを打ってくれる。

悪口とか愚痴とかは、例の鏡の法則によって内容がわからなくてもネガティブな感情を父に残してしまうから御法度だが、ポジティブな感情を伴う話なら、しすぎて害になることはない。

介護にまだ慣れなかった頃、同じ話を何回もされるのは、正直苦痛で、忍耐が要った。が、逆手にとってこちらも、何回でも話していいわけだ。ここにおいて父と私の「利害」が完全に一致する。

以来、気に入って買った物が、見せたい物があると、親の家に持ってくるようになった。

「これ今、割と気に入ってるんだ。ちょっといいと思わない？」

「このところよくしているストール。いろんな色に合って便利だし、大きさ的にもちょうどいいのよ」

バカである。今こうして文字にしながらも赤面している。

よそではけっしてできない、そんな「じまん話」は介護の中の息抜きだった。

むろん父は、「きれいだねえ」とそのつど深々と相づちを打つものの、次の瞬間にはそのことを忘れ、手にとって眺めていたストールをタオルのつもりで鼻水を拭いてしまう。

「あっ、鼻はこっちで拭いて」

慌ててタオルを持っていくと、後ろ姿でやりとりを聞いていた姉の息子が笑い出した。

息抜きはだいじ

介護は緊張の連続である。質は変われど、緊張は常にあった。

はじめは、介護に慣れない自分との葛藤。父がひとりで出かけてしまわないかとの不安。排泄、具体的に言ってしまうと漏れていないかどうかの注意。

後半は、目を離した隙に室内用車椅子からずり落ちていないか、喉に何か詰まらせていないか、体調の急変を起こしていないかどうかという、生命の安全そのものに責任を負っている緊張となった。

緊張の連続だからこそ、息抜きはだいじ。とはいえ、そのための時間はなかなかとれない。

私は深夜のコンビニに寄る習慣ができてしまった。

日曜の深夜、父の家から自転車で帰ってくるとき、家に着く寸前にコンビニがある。郊外の幹線道路で辺りは暗いが、そこだけあかあかと灯っている。

そこに寄って、何かひとつ甘いものを買ってくる。ひとりの家でコーヒーを淹れ、脳に直接カンフルを注入するような甘さのものを食べ、ようやくひと息つく。

それでも張りつめていた神経は、すぐにはゆるまず、なかなか寝つけないのだった。

他に息抜きとなったのは、父の家の近所のリサイクルショップだ。父が歩けた頃、父の趣味に合いそうな英国ふうセーターなどをときどき買った店である。父を連れていけなくなってからも、ときどき寄って束の間のショッピング気分を味わう。デパートなどでの本格的なショッピングをする時間はなかった。

親の家にはよくそのリサイクルショップの袋が転がっていたから、姉も利用していたのだろう。

介護が終わった後は、私の家からも近くでありながらまったく行かなくなったので、あれはやはり介護の間ならではの気分転換だったと思う。

作家の平安寿子さんの介護の体験談をまとめた記事で、平さんがバレエを見て感動したという話を読んだとき、

「わかる！」

と思わず机を叩いてしまった。

前段から説明すると、平さんはお母さんを同居で介護していて、衰弱が進み、たびたび入院するようになると、仕事用のノートパソコンを持って病室に付き添い、家に戻ってもいつ「す

ぐに来て下さい」と電話があるか心配で、いつも緊張していたという。そんなときバレエ「白鳥の湖」の公演を見に、思いきって出かけたら、「バレエに感動したのはもちろんですが、公演後、介護のつらさをしばし忘れている自分に気づいて驚きました」(「ケアノート」読売新聞)。

「わかる！」と机を叩いたのは、このくだりだ。私はバレエではなくフィギュアスケートだった。ひとりで毎日介護をしていた平さんに対し、家族と交代交代で週末のみの私は「つらさ」を比べるべくもないけれど、緊張はやはりあった。その中にあってはまったのが、フィギュアスケートなのだ。それも、父の状態が危うくなるにつれて、のめり込みの度も増していった。

フィギュアスケートにはまる

フィギュアスケートは父の家に行くと、試合を放映するテレビがよくついていた。はじめはまったく関心がなかった。テレビがただついているのを嫌う私は、そうした状態に対する例の不寛容な態度でもって、消してしまうこともあったほどだ。

そのうち、ただついているのではなく、父が割合見ていることがわかってきた。スピンのときは、「おお、よく回る、回る」「あんなに回って、目が回らないのかね」などとつぶやいている。姉が父のためにつけておくのもわかる気がした。前後がわからなくてもそれなりに楽しめるし、他の何か変な番組と違って害がない。

父が好む番組として、なんとなくつけているうち、私にも見る習慣がついていった。

その心理を今なら説明できる。ひとことで言えば、きれいなものを見たいのだ。

フィギュアスケートは音楽が美しいし、氷も美しいし、衣装も美しいし、滑る姿も美しい。勝ち負けのつく試合とはいえ対人競技ではないから、審判の目を盗んで転ばせたり蹴ったり衣装を引っ張ったりという、暴力や卑怯なふるまいの入り込む余地がない。ネガティブな感情を起こさせるものが何もなく、それが疲れた心を癒すのだ。

ジャンプやスピンなど回転することの多いこのスポーツは軸の細い方がいいらしく、少女または少年から大人への移行期には、皮下脂肪や筋肉がついてくる体型変化に苦しむようだ。そこで消えていく選手もいる。十代の若く、けなげで、儚さをはらんだ美しさには、

「これがいわゆる、時分の花ってやつだな」

と思いながら見ていた。成長期を乗り越えて逞しく第一線の選手となっていく人もいるが、同じ美しさはもうないのだ。まさしく花が二度と同じ咲き方をすることのないように……って
ポエムか。

「いい年で、人生の厳しさもそれなりに知っている人が、バレエだのフィギュアだのに熱を上げるなんて、あまりに幼稚」

と思うかもしれない。

いい年だからこそ、人生の厳しさを知っているからこそ、なのだ。

韓流にはまる人の気持ちが、はじめてわかった。

介護をしていたのは、ちょうど羽生結弦がシニアに上がってきて日本男子が強くなる時期。はじめは浅田真央をはじめとする女子を見ていたが、しだいに男子の試合の観戦に熱が入るようになった。表彰台争いが気になるから、高橋大輔や羽生のライバルと目されるパトリック・チャンの演技も固唾を呑んで見守るうち、パトリック・チャンのジャンプに対してまで「跳べ！」と念ずるようになっていた。神演技の続出するハイレベルの闘いであってこそ、興奮度は高まるのだ。

試合の放映はたいてい金曜から日曜にかけて。父の家でついていても、そのときうまくテレビの前にいられるとは限らない。深夜自宅に帰ってから、途中コンビニで買ってきた甘いものを食べつつ、パソコンで観戦するという習慣ができてしまった。各選手の演技を動画で見られるのだ。

全部の選手の演技を見るには時間がかかりすぎるので、国際スケート連盟が発表する採点表で演技の詳細を確かめてから、見ることにした。4Tの後に33、3、3……と並んでいると、「加点がこんなに付くほどの、すばらしい四回転トゥループを跳んだのだわ！」とわかる。

しだいに動画を見なくても、採点評に並ぶ英字と数字から演技を想像し、脳内観戦ができるようになった。

逆に日本のテレビには不満がある。よけいなあおりは要らない、試合そのものを流してほしい。福岡で大きな国際大会が開催されたときなどライブというから仕事をやりくりしてテレビの前にいたのに、もう男子がはじまっているにもかかわらず、浅田真央の過去の試合映像とか取材映像とかをえんえん流している。ライブなのだ、過去は要らない、今現在の試合を中継せよ！

仕方なしにヨーロッパの実況動画をパソコンでつけて観戦した。自国でだいじな試合がリアルタイムで行われているのに、わざわざ海外を経由して、止まったりつっかえたりする動画で見るって、どういうこと？

解説にも不満がある。技術的な解説をしてほしい。某元選手は「四回てーん！　すごい男ですね」などと叫んでひとりで感心している。元選手なのだから四回転の種類、回転が足りているかどうかくらい言ってほしい（元選手でも本田の解説はずいぶんよく、織田はまだ現役の選手であって解説をしていなかった）。

カメラワークにも大不満。スケートは足でするのだ。顔ではない。スケート靴の刃のエッジワークの巧さを見せるところで、何で顔を映すのか。「そこは足だろ、足！」とテレビに向かって幾度吠えたことか。突然引いて、リンク脇に飾ってある造花越しに遠景でとらえるなど、まったく意味がわからない。常にジャッジ側から正面でいいのだ、採点競技なのだから、選手はジャッジがよく見えるよう滑っているのだ。

ついでに言えば、演技後のアナウンサーの質問にも、耳をおおうものがある。ありきたりでない質問をして自分だけが聞き出せる答を、と勘違いしているようだが、よけいなことを言い、選手やファンの神経を逆撫でしている。質問はただ、「ショートを終えて、今のお気持ちを」「明日のフリーに向けてひとこと」、この二つ覚えでいいのである。

テレビへの不満からパソコンでの観戦が主になり、動画を探すうち、過去の試合の演技動画もあると知る。これはもう底なしの沼である。

日曜ごとに深夜の動画巡りとコンビニスイーツが癖になる。逃避であり悪しき習慣とわかっているが、やめられない。

介護の息抜きとしてこれだけは自分に許していた。

旅に出てみて

広島から神戸へバレエを見にいった平さんはお姉さんに背中を押され、介護をお姉さんに頼み、思いきってパリまでバレエを見に出かけたそうだ。

介護の間に旅はなかなかできない。私にとって出張は仕事を理由に旅を自分に許すことのできる機会だった。

軽井沢に行ったときは宿泊したが、仕事は土曜の夜遅くまでで、次の日はフリーとわかり、そのときは寝た寝た寝た寝た。同行の人たちは美術館めぐりに出かけたらしいが、私は朝食も何もすっ飛ばして、ひたすら寝た。

起きて空腹ではあったが、満ち足りていた。何時にどこへ行かなければ、といった縛りはない。ひとりで何にも誰に対しても義務を負っていない、完全なる休日はいつ以来か。ホテルの庭を歩くだけでとてつもない解放感だ。羽を伸ばして……というより、弛緩しきって、緑の中でただぼうっとしている。父の性格のおかげで介護は苦痛ではないけれど、やっぱり常に気を張っているのだなと思った。

が、じきに落ち着かなくなる。木々も花も目に入らなくなる。日曜は本来私の当番、私がこうしていることで、他の家族に負担をかけているという後ろめたさだ。

家族は、日曜に私が行けない日があっても、どこで何をするかとはけっして聞かない。壁のカレンダーに前もって「来られません」と書き込んでおけばそれで終わりであとは兄と姉で、あるいは姉の息子たちも交えてやりくりし、私の抜けた穴を埋めてくれる。

信頼をされている。介護を放り出して遊びにいくわけはないと。いや、遊びにいくとしても、それは必要なことなのだろうから、止め立てすることではない、来られないと言うならば、カバーするのみと。

その信頼を裏切るようなことは、家族の情がどうこう以前に人としてできない。早々に部屋に戻り荷物をまとめ、ホテルから駅への送迎バスを待っていたら遅くなるので、タクシーで新幹線の駅へ向かう。

荷物を置いて帰って親の家へ行くと、

「あれー、どうしたの」

来る予定でなかった私が現れたことに驚いた笑顔を、家族が向ける。そんなとき、散らかっていようがテレビがついていようが、「私のいるべきところはやはりここだった」という思いが、玄関を開けるまでの名状しがたい焦燥感と入れ替わりに、私の胸に下りてくるのだった。

介護が終わってはじめての出張は、松山だった。これからの出張は、タクシーを急ぎ走らせ一本でも早い列車に乗ろうとする、あの夜逃げみたいな帰り方をしなくていいのだ。

松山市駅から路面電車で十五分の道後温泉へ。道後温泉本館は明治二十七年築の木造三階建ての公衆浴場だ。

下の道に立ち、「昔、取材で来て、あの二階の手すりから外を見ているところを、ここから撮影したなあ」と思い出す。あの頃私はいくつくらいだったたか、両親は。

何を見ても何かを思い出すように、これからはどんどんなっていくだろう。おそらくそれが親しい人を亡くし、自分も年をとるということなのだ。

喪の作業、それぞれ

俳句雑誌では京都の大文字の句会の取材に行った。八月十六日夜、山腹に井桁に組んだ松の割り木を赤々と燃やすこの行事は、盆の送り火だという。私は父の新盆だと思ったが、口に出さなかった。

冬には奈良の句会の取材に行った。真夜中に行われる神事を見て句を作るもので、参加者は私より少し年かさの女性たちだ。夕食のとき、女性どうしの気のゆるみから私がふと、「こんなふうな泊まりがけの句会の取材は、介護をしている間は考えられなかった」と洩らすと、周りの人がみな深くうなずいて共感を示す。

「みんな、何らかの後ろめたさを抱えて出てきているのよ」

「誰にだって、それぞれの事情で家をあけにくい時期があるのよ」

その「事情」がなくなり、あけやすくなった人もいる。子どもを無事巣立たせた、伴侶を見送った、など。まだ生々しい出来事で、話すうち涙がにじんでくる人もいた。自由になればなるで、喪失感があるのだ。

父の亡くなった年は、「ぐりとぐら生誕50周年」の展覧会が行われ、書店でも見かけることが多かった。双子のねずみが主人公のシリーズ絵本で、私も子どもの頃よく読んだ。

久しぶりに見ると、ぐりとぐらもさることながら登場する人間の子どもたちの服装が懐かしい。女の子の着ている、水色のギンガムチェックに白い襟の付いたワンピースなど、幼稚園に上がる前母が作ってくれたワンピースにそっくりだ。一冊買って日曜にページをめくりながら、私はぐりとぐらの世界そのものにでなく、両親の庇護のもとこういう本を読んでいた「あの頃」へのノスタルジーにひたっているのだなと思った。

絵本づいて『いやいやえん』『エルマーとりゅう』も買ってきた。これも、この先増えていくのだろう。「こういうときが、私にもあった」と思い出を確かめるよすがを、そばに置いておきたくなることが。

その年は、ムーミンの作者である、フィンランド人トーベ・ヤンソンの生誕百周年にもあたり、ムーミンの本も書店でよく見かける。ムーミンにも私は思い入れがある。灰色の箱に入った本を、幾度繰り返し読んだだろう。

子どもの本にはめずらしい灰色という地味な色の箱と、黒い線で描かれた不思議な生き物たちの影の多い絵は、独特のさびしさで子ども心を引きつけるのだ。シリーズの中でもさびしさがもっとも切実な『ムーミン谷の冬』を買ってくる。目を醒ますとそこは、極北の冬、自分の知る者がみな死に絶えてしまったかのような静かな青い夜。

読みながら感じていた。これもひとつの喪の作業だと。きょうだいもそれぞれの仕方で、心の中の作業をしている途中なのだろう。

そしてしだいに親亡き後、介護の後の人生へと踏み出してゆく。

12章

そして第一歩

思い出のよすが

「ムーミンのお店が駅に出てるの、知ってる？」

姉から電話がかかってきた。

「駅」とは、父の家の最寄り駅のことだ。父の亡くなった半年後に家は空にし、リフォームを経て人に貸すようになっていたが、姉はまだこちらに来ることが多かった。

介護の間、姉は一日のほとんどの時間をこちらで過ごした。通う歯医者、日用のさまざまなものを買う店なども定まり、生活の基盤や地縁というべきものが、五年の間にこちらでできていたのである。

「知ってる知ってる、あれ、期間限定かな」

トーベ・ヤンソン生誕百年のためか、駅構内にまでそういう店が出ているなとは気づいていたが、電車の時間ぎりぎりに家を出てくる私は、いつも横目で通り過ぎるばかり。帰る頃にはもう閉店してしまっている。

姉は私にムーミングッズを何かひとつ贈りたいと言い、店にあるものを説明する。私がムーミンの本をよく読んでいたのを覚えているのだ。

「本といえば、『ぐりとぐら』ってあったじゃない」

私が言って、女の子の服装がとか、私たちの縫ってもらったワンピースがとか話しながら、ふと、兄はこういう子ども時代の思い出を共有していないことに気づいた。思い出に夢中になるあまり、そのことで兄が疎外感を抱くことにならないよう気をつけなければ。

十六年前母が亡くなったときの兄の悲しみようはすさまじく、「これで父が亡くなったら、廃人になってしまうのでは」と危ぶまれたほどだ。さすがに介護の果ての別れとあって、覚悟はできていたようだが、深い喪失感のうちにあるには違いない。なんといっても父といちばん長く暮らした人だ。

男きょうだいということもあり、つい姉との電話が多くなるが、これからは兄とも積極的に交流していこうと思った。

兄が父の葬儀が一段落してから、休日にひとりで鎌倉へ行ったことを、ずいぶん後になって知り、私は胸が締め付けられた。かつて住んだ町として生前父から聞いており、訪ねてみようと思い立ったのだろうけど、兄は家のあった場所も知らない。土地勘のない町で、思い出のよすがを求めて逍遥する兄の姿や気持ちを思うと、私はたまらず、

「えー、言ってくれれば案内したのに！」

と恨みがましさに似た声を上げたが、仮に言われたとして仕事人間の私が果たして実行に移せたかどうか。兄もそうした私の状況や性質をよく知っていて、言わなかったに違いない。時間がないのではなく、人のために時間を割く心のゆとりのない人間なのだ。

姉は情の深い人だから、私のように「こうこうだから積極的に交流せねば」と理屈が立ってから腰を上げるのではなく、自然に動くことができる。私より頻繁に電話をすでにしているようだし、姉の息子も兄の家へ、バイトの面接に必要なスーツを取りにいき、ついでにご飯を食べてくるなどしているらしい。父の家を空にするとき、最後は何もかもいっしょくたに引っ越しトラックで運んだので、思いがけないものが向こうに行っていることがあるのだ。

昔の写真も母のいた頃からの桐の箪笥も兄の家だが、向こうはいついつまでに片づけるといった期限はないから、しばらくそのままにしておこう。そのうち姉と申し合わせて行くことにして。

これまでは父が中心で家族を束ねていたが、これからはきょうだいどうしだ。

生活習慣、いろいろ

こう書くと、いがみ合いなどないきょうだいのようだが、介護が常にストレスゼロだったわけではない。

ものの本や新聞記事を読むと、いちばん悪いパターンは、日頃は介護を人に任せきりのきょうだいがたまに来ては、口を出すとか、そのときばかり親をちやほやしていいところを全部持っていってしまうとかのようだ。

それに遺産がからむと、もっと厄介のようである。

わが家の場合、自虐めくが遺産がないのと、それぞれの仕方で介護に関わる「分担と協力」制を布《し》いていたのとで、比較的うまくいっていたのだと思う。

それでも、小さなストレスはあることはあった。

文字にすれば「えっ、そこですか!?」と呆れられそうなささいなところばかりだが、介護という生活の場で行われることだからこそ、生活習慣のささいな違いが気になるのだ。

例えば、スーパーのレジ袋を調理台に置くか。バッグをリビングまで持って入るか。

姉はそれを避けていた。高齢者は免疫力が弱く、菌に感染しやすい。だから外で菌がいっぱいついているだろう袋を調理台に置く、地面に降ろしたかもしれないバッグをリビングに持って入るなど、危険極まると考えるようだ。

自転車のなかった頃キャリーバッグを引いてきていた私は、それまで持って入ってしまっていたが、姉が除菌ジェルで車輪を拭いたり、玄関の靴脱ぎに移したりしているのを見て、衛生上タブーらしいと気づいた。

土曜に時間切れで仕事を中断し、自転車を走らせ階段を駆け上ってきて、そのままの勢いで冷蔵庫に食材を入れようとし、

「あっ、悪いけど袋はそっちに置いてもらっていい」

「バッグはそっちに置いてくれる、神経質でごめんね」

動きをいちいち止められると、気持ちの上でもつっかえるが、
「ここは介護の家だ、中心になって介護をしている人のルールに従うべき」
と自分に言い聞かせる。

玄関でいったん息を整え、バッグを置いて、コートも脱いで床に置いて、洗面所で手を洗う。レジ袋は洗面所の床に置いて、食材のみを持ってキッチンへ。

バッグと同様の理由でコートも、玄関置きがルールである。冬で家族が多く来るときなど、靴脱ぎを上がる辺りが、まるめたコートで足の踏み場がなくなるほどだ。

しかし習慣とはおそろしいもので、親の家でそうしていると、自分の家で取材などの客を迎えるとき、テーブルの上にバッグをふつうに置く人がいると内心「えっ⁉」と思うようになってしまった。

生活習慣の違いは、挙げていけばキリがない。刺身のツマを捨てるか捨てないか。鮨についてくる小袋の醤油をとっておくかおかないか……。姉と私、兄と私、兄と姉との間でもそうした小さな軋轢はあった。

仕方ない、きょうだいといえども別々の家で三者三様の暮らしを営んできた。それが突然、介護のためにひとつ家に再集結したのだから。

衛生観念の違い

もう少し例を挙げれば、食器を拭くのに布巾か、キッチンペーパーかというのもある。

姉はキッチンペーパーかティッシュペーパーで拭いていたが、私は効率悪く感じていた。拭いた後のペーパーを捨てるのを忘れたのか、父のことで中断し放り出したきりになったのか、シンクのすみで水びたしになっていたり食器棚の中で使用ずみのトイレットペーパーのようにまるまっていたりするのも、後を引き継ぐ者としてはテンションが下がるのだった。

私はタオル地の布巾で拭いていた。が、それを兄が父の下着などといっしょに洗濯機に入れているようなのが、姉としては気になるらしい。

私は日曜に布巾を全部、塩素系除菌漂白剤につけて洗い、

「何月何日、ブリーチしてこれだけで洗いました」

と書いた紙とともにピンチに挟んで干しておくようにしたが、次の週末行くとベランダにそのままあり、使った形跡はない。

「ティッシュペーパーなんかも箱を見ると、蛍光なんとか剤を使っているみたいだし、工場でどんな状況で作っているかしれないし、衛生を言うならどっちが……」

ちょうど中国の工場の品質管理の悪さがニュースで報じられていた時期でもあり疑問であっ

たが、「父の家ルール」を鉄則とする。介護の本や新聞記事によると、時間を出さずに口を出すのは、してはいけないこと。私はそれにあてはまりがちだ。ちなみにいちばんいけないのは、時間を出さず、お金も出さず、口だけ出す。

姉も私の仕方に、苛立つことはずいぶんあったはずだ。

例えば洗濯物を入れるかご。ビールケース大の四角いプラスティックのかごである。

私はそれにハンガーを入れた。ハンガーはベランダ近くの棚になんとなくまとめてあったが、ハンガーの鉤の部分が他のハンガーにいちいちひっかかり、まずほぐすことからしないといけない。

私はそれが非効率的に感じられ、ハンガーの鉤をかごのふちの内側に向きを揃えてひっかけて、洗濯物を干すときは、一本ずつ順に取り出し吊していた。

が、姉にとってそのかごは、脱水したものを入れてベランダへ運ぶためのもの。ある平日行くと姉が、

「わ、何これ。空にしてあって、いっきに入れられるのがいいのに」

と嘆いた。しまった、それは私のしわざ。それでも週末私に任せられるとつい、自分の家での癖で、ハンガーをかごの内側に並べて収納してしまう。

美観の問題

狭量なことでお恥ずかしいが、父の家にいて微細だが常に感じていたストレスに、室内の美観に関する見解の相違めいたものも、実はあるのだ。

例えば……さっきからそればっかりだが、例えば私はテーブルになるべく物が載っていない状態が好きである。兄は逆に、テーブルの上に何か載っている方に、幸せな家族の情景を感じるらしい。インスタントコーヒーの瓶、クリーマー、スティックシュガー、ちょっとしたお菓子、ドレッシング、醤油差し、箸立て……そうしたものを満載したトレーがテーブルの中央にあり、テーブルの全面積の六分の一くらいを占めている。立って取りにいくのがたいへんな父のため、手の届くところに集めてあるのかとも思った。が、考えてみるとまだ父が元気だった頃から、父と兄の家に行くと、テーブルの上にはいつも何らかの物が置いてあった気がする。

キッチンカウンターもしかりである。ティーバッグの緑茶、ほうじ茶、各種紅茶、個包装のドリップコーヒーを詰めたバスケットがカウンターの三分の二を埋め尽くし、料理の出し入れの妨げになる。

調理台、電話台、下駄箱の上の台……家じゅうの台という台に物が載っており、作業をするときはいちいちどかさないといけない。

台というものへの認識の違いだろうか、

「ここは作業スペースなのだ、飾り棚や物置場ではない」

という思いが私にはあって、まさか全部をどかすわけにはいかないが、部分的に台の下の収納へ移すなどして、バスケットの二個を一個に減らすけど、次の週末にはまた二個に増えている。たぶん向こうは向こうで、かちんと来ていたに違いない。

贈り物の入っていた箱も兄はおそらく幸せな情景をかたちづくるものとして、包装紙にくるみ直しリビングの棚に並べておくが、物はなるべく少ない方がすっきりする私は、空の箱をとってあるのがどうも……と思うのだった。

私は衛生面はおおざっぱなくせに、整理整頓に関しては妙に几帳面なのだ。潔癖症の気があるかもしれない。

父の家ではバスタオルやタオルケット、シーツ類をリビングの棚に、なんとなくたたんで入れてある。リビングの壁にくくり付けの棚で、いわゆる壁面収納である。

私はそれを色別に並べたくなる。ピンクの下に黄緑、水色、ベージュ、また水色、ピンク……と色が出たり入ったりしているのが落ち着かない。ピンク、白、ベージュ、クリーム色、黄緑、水色というふうにグラデーションにしたくなる。

しかも、たたむ幅を揃えたくなる。しかも、折り目を手前に向けたい。たたんだ端の方が手前に来ていると、端が縒《よじ》れたり縮んだりしているタオルもあるから不揃いなので……って、ほとんど趣味の域である。介護と何も関係ない。

毎日介護をしている姉にすれば、洗濯して棚に突っ込むだけでせいいっぱい、色分けなんてしていられない、ましてや幅を揃えるなんて、ましてや向きなんて、という感じだろう。さすがの私も人に「たため」とは言わない。自分でする。が、週末だけ来て、物をいきなりたたみはじめる私は、家族にすればさぞや嫌味であっただろう。

介護の仕方

介護の仕方も姉が決めている手順がある。朝起きたらまずうがいをさせる、うがいの薬はこのコップの水にこれくらい。一日に片足立ち何回、膝の曲げ伸ばし何回といった室内運動のメニュー。ヒゲは剃る。電動カミソリはペースメーカーへの影響が心配だから使わず、安全カミソリで。いきなり剃ると痛いから、蒸しタオルで温め肌をやわらかくしてから敏感肌用の石鹸を泡立てて。

はじめは覚えきれなくて、後から電話がかかってきて申し送り事項が加わると頭がパンパンになった。口で言わずに箇条書きにして貼っておいてほしいと思ったほどだ。

「電動カミソリって、別にペースメーカーに関係ないと、お医者さんも言ってたけどなあ」

と思いつつ、とにかく「ここは介護の家だ」と、なるべくルールに従う。それでも泡立ちがうまくいかないときなど、ズルして兄の電動カミソリを借りてしまったこともあるのを告白する。

散歩に行くときの車椅子。それはレンタルの品だから万が一にもなくならないようにと、ダイヤル式の鍵のついたチェーンで玄関ドアの外に留めてあった。その四桁の数字を合わせるのに、散歩のたび悪戦苦闘する。

姉は私より年上なのにこれが見えるとは、すごいと思う。老眼の私は、メガネをかけ電気をつけないと全然見えない。マンションの集合玄関はオートロックなので、

「ここまで入ってくるのは宅配便の業者くらいしかいない、しかも、こんなもの盗んでいく人いない」

と思うが、これもルールである。

入院していた病院への通院は土曜で、それは私の役割だったが、朝行くと前日の夜から姉の用意したものが、説明の紙つきで揃えてあった。夏ならば熱中症を心配し「このドリンクを持っていくように」「この帽子をかぶせるように」。冬は風邪を心配し「このマスクをかけるように」「このマフラーをし、この手袋をするように」「ロビーでは、他の人から離れて待つように」。

「心配しすぎ」とも思ったが、二人の息子を大きな怪我も病気もなくすくすくと育て上げた人の言うことだ。できるだけ守るようにしていたが、実情に合わないときがある。さきに書いた

ように姉の準備した高性能のマスクが密着しすぎて父が「苦しい」と言い出したり、他の人と離れて待てるところを探すと、伝染される心配はないが寒かったり。マスクをふつうのマスクに替えたり、人は多少いるが暖房の当たるところへ連れていったりした。

が、「心配しすぎ」ではなかった、姉が正しかった。通院の翌日父が熱を出したとき、そのことが身にしみた。痰を詰まらせないよう看護するため姉にはたいへんな負担をかけ、父はあの風邪で寝ついたのを機に足腰がいっきに衰えたから、私は悔やんでも悔やみきれない。

諍《いさか》いまでは発展しなくても、互いをよく思わなかったり鬱憤をためたりすることはきょうだいの間で当然あった。が、考えてみれば、それは介護の「仕方」をめぐるものであって、介護そのもののなすり合いではなかった。

介護の仕方は、あれほど細かく口を出す人が、先述のとおり私が週末介護を休む日については、どこで何をするのかなどとの詮索をいっさいしてこなかった。兄もそうである。介護を押しつけるとか、自分だけ「一抜けた」で逃れたいとかの発想は、この人たちにはないのだ。

父の亡くなった後、きょうだいで会うたび、

「もっと生きてほしかった。あのときああしていれば」

「自分ももっと深く関われればよかった」

と二人が悔いているのを聞いても、同じことを感じた。介護は時間的、経済的には負担に違いないけど、早く終わることを願ってはいなかったのだ。

きょうだいというもの

介護の上で、きょうだいはときに面倒だ。最初の頃、

「自分ひとりだったら住民票を今日にも移して、介護保険をさっさと利用するのにな」

と思うこともあった。

が、この態勢はひとりでは絶対に成り立たなかった。それは疑いようがない。

介護の間にそのことで新聞に載る機会があった。介護がテーマのインタビュー記事だ。読売新聞と東京新聞で取材は別々だが、たまたま同じ日の掲載となった。

このテーマに限らず何であっても私は正直、周囲の人には家族に対し「お宅の妹さん、〇〇に出てましたよね」と声をかけてほしくない。家族が自分と関係ないところでしていることで話題になるのは、窮屈で居心地の悪いことだろう。が、周囲の人にすれば、無理からぬことだ。ましてや今度は介護という家族も深く関わるテーマ。「お父さんを介護していらっしゃるんですってね。妹さんが新聞で話してらしたわよ」と周囲に言われて後から知るのは心情としてよくないだろう。事後報告には違いないけれど、せめて周囲に言われるより先にと、掲載の当日その二紙をコンビニで買い、父の家へ持っていった。

「あの実は、新聞に……」

意を決して申し出たが、風呂上がりでわあわあしており、面倒な話をする雰囲気ではない。該当ページに付箋をつけて置いてきた。

次の週末行くと、

「あ、何新聞だっけ。カラーの方。あの服、顔が明るく見えてよかった」

と姉。

「いわゆるキレイめに撮れてるのはカラーのだけど、表情はもうひとつの方のがいい気がした。角度のせいかな」

と写真を評し、分析する。

立場が逆であれば、私なら文章の方を気にするだろう。自分がどんなふうに書かれているか。世間あるいは周囲からこんなふうに思われたら嫌、というふうに書かれていないか。取材を受ける本人以外は反論の機会がなく、家族にしたら言われっぱなしだ。ましてや介護という微妙な問題。一語一句に神経を尖らせるのでは。

そこを家族は意に介さず、

「どれどれもう一度」

「あー、たしかに」などと回し見しながら、写真映りの話に終始する。私は拍子抜けすると同時に、こういう人たちだから介護が楽にできたのだなと改めて思った。

父の家がなくなってからは彼らと会う機会が急に少なくなった。父の生きていた頃は家だけでなく道でもスーパーでも、コミュニティバスの中でもばったり、ということがよくあったのに、父の死により家族が「解散」して以後は法事のときくらいだ。

私は父の家に近いスポーツジムの回数券を姉にプレゼントすることにした。誰よりも父のことに時間を割いていた姉の「介護ロス」とでもいうべきものが心配だったし、介護の間姉は自分の健康に気をつかう暇もなかった。腰痛も起こしていた。せめてリフレッシュと運動のチャンスになればと。

はじめは右も左もわからなかっただろうジムで、やがて好きなレッスンがみつかり、友人もできたらしい。同世代でやはり介護を終えたばかりの女性がいたそうだ。

平日の夜、風呂だけ入りに駆け込んだジムのロッカーで、奥の方から姉らしい話し声が聞こえてくると、

「やってる、やってる」

と思う。

その他に数ヶ月にいっぺん、兄の家か私の家で集まる機会を設けることにした。父が元気だった頃の、父を介してしか交流のなかった時代が信じられない。三人で話していると、姉の息子も後から来て、なんとなくその場に加わるのだった。

アイスショーを見にいく

父の家でテレビがついていたのがきっかけで、フィギュアスケートにはまったことはさきに書いた。そのときは試合を見にいこうなんて、思いもしなかった。試合は週末。週末は出張以外で、父の家をあけることはない。

冬期オリンピックの行われたのは、父の最後の入院中だった。

葬儀が終わり弔問も一段落して、東京でアイスショーがあることを知る。場所は代々木体育館で、もうすぐだ。海外勢を含むオリンピックのメダリストやメダリスト級の選手がたくさん来る。

「全日本選手権だってチケット取るのたいへんだったというのに、こんなメンバーで、しかも直前でチケットなんてあるわけないよな」

と調べたら、直前過ぎたのがかえってよかったのか、行けなくなった人のチケットを売るサイトに定価で出ていた。しかもリンクのロングサイド中央、試合で言えばジャッジ席だ。生の迫力を見るチャンス！　思わず買ってしまった。

それからが大忙し。こういうのって開演の何分前に行けばいいの？　トイレはどうなってるの？　仕事人間で出不精、性格もクール、何かにのめり込むということのない人間だから、コンサートにも行ったことがない。会場は寒いんだろうか。試合のときテレビに映る観客席は、みんなダウンを着ている。氷が溶けないためには、冷蔵庫なみにしてあるのでは。買い物に行く時間はないからネットで、冷えないいくつ下だのホッカイロだの、尻の下に敷く断熱シートなどを買い、大荷物で出かけた。

期待した生の迫力は……ショーでは選手の入退場のたび照明を落とすので、テレビの試合放映でよく見る、六分間練習の緊張感とか、出番を待つ選手の闘志とかは伝わってこない。が、滑る速さは実感できた。

暗闇の中、ゴーッと台車か何かが突っ込んできたような音がしたと思うと、スポットライトがふいにつき、リンク中央で最初のポーズをとっている選手の姿が浮かび上がる。たったひとりの、たった二本の細い刃だけであれだけの音がするのだとは。滑りの起こす風も感じた。選手の衣装は袖も身頃も、風にはためく布のように細かに波打ち燦《きら》めいている。

氷の硬さも感じた。テレビだとリンクは体操競技の行われるマットに似て見えるが、目の前にすると私たちが冷蔵庫で作る氷と同じで、白い芯もあれば表面の濡れて透明になっているところもある。そこへジャンプをした選手が一本の細い刃だけで全体重を支えて着氷する。ガツッという響きが、その衝撃を伝えてくる。体への負担を思えば、長く続けられるスポーツではない。その意味でもいっときだけの花なのだ。

スケーターたちがいっせいに滑る群舞は、テレビの試合放映にはないもので、胸のすくほど美しい。そのとき私はたしかにカタルシスを感じていた。

ショーがはけた後、私は人ごみを避け、原宿駅へは向かわず渋谷駅まで歩くことにした。外はもうすっかり暮れている。

代々木体育館からＮＨＫホールの方へは、周辺より高い広場になっている。夜空の下を心地よい風が吹き抜ける。私はスターバックスでソイラテを買ってきて、広場のはしのコンクリートの手すりに肘をついて飲みながら街の灯りを眺めていた。

こんな日曜が、私に訪れるとは思わなかった。

介護をしない日曜、のことではない。出不精の私がアイスショーというものに来て、夜の街を眺めて佇んでいる。

携帯が鳴った。ショートメールの着信だ。携帯のメールはずっと使っていなかったが、父の最後の入院で必要に迫られ姉とはじめた。それに今、姉以外の人からはじめてメールが届いている。

「今日はお世話になりました。ありがとうございました」

文面でわかった。ショーで隣の席だった女性だ。やはりひとりで来ていて、地方から長距離バスで着いたばかりだそうで、大きなバッグを持っていた。コインロッカーがないため、私の椅子の下にも入れた。泊まりがけで明日の公演も見るのだと、大きなバッグの理由《わけ》を言っていた。

トイレに行く際は私が荷物の番をし、持ち逃げしないことを示すためにも、そのとき私の携帯を教えたのだ。文面は続く。

「お帰り、気をつけて。ゆっくり休んで下さいね」

ショーが終わるや周囲がいっせいに立って出口へ向かい、彼女はバッグがじゃまにならないようにするのでせいいっぱいで、言葉を交わす暇もなかった。それでメールにしたのだろう。二度と会うことのないだろうその人に、私も送信する。

「ありがとう。明日も楽しんで下さいね」

こういう交わりも、かつて私の知らなかったものである。

これも介護の後の人生へ踏み出す第一歩といえそうだ。

一年が過ぎて

介護の後の人生のスタートは、しかし、必ずしもスムーズではなかった。

腫瘍マーカーは早期発見には必ずしも適さず、健康診断でむやみに測るのはよくないと言われる。が、知らずに進行させてしまうことを繰り返したくない私は、つい測ってしまった。父の死から半年後、父の家を空にしリフォームを終えた頃である。すると腫瘍マーカーのいくつかの値が悪く、うち二つは難治がんといわれるがんに関わるもので、時を同じくして漢方の医師からも厳しいことを言われ、暗澹《あんたん》たる気持ちになった。

「四十代を病に過ごし、ようやく無事に介護を終えたところで、何でまた……」

「ここから新たにはじめようとしていたのに、私の人生、ここで終わってしまうのか」

まだがんと決まったわけでもないのに、実際に難治がんや再発がんと向き合っている人がいるのに、腫瘍マーカーが悪かったくらいで、われながらなんでこんなに落ち込むかと驚くくらい、落ち込んだ。最初のがんから張りつめてきた反動が、いっきに来たような気がした。が、落ち込んだままでもいられない。

たまたま新聞社で医療の記事の取材を受けるのを機に、「これこれとこれこれのがんの腫瘍マーカーがいまいちなんですけど、治療を受けるとしたらどこがいいでしょう」と逆取材して、何かあったらそこへの紹介状を書いてもらうつもりで、まずはそれぞれの科でこれまでかかっているクリニックなり病院なりで検査する。併行して漢方の治療にも足しげく通ったため、当然仕事時間を圧迫し、週末も時間ができるどころか、介護中も週一で続けてきた加圧トレーニングすら二週に一回にせざるを得なくなった。

ご飯を「予約炊飯」にして出て、帰ってからおかずを作り、さあ食事にしましょうと思ったら、炊飯器の蓋をよく閉めないまま炊いてしまっており生煮えで、

「ほんと、余裕なく日々を送っているんだな」

と痛感した。幸いどの検査も異常なく、腫瘍マーカーのひとつは相変わらず正常値をはみ出

ているものの「体質でしょう。そういう人、います」となり、そうこうするうち、私に厳しい状況を告げて治療に追い込んでいた漢方の医師が病死するという衝撃的な終わりを迎え、「先生が私の脈に感じ取っていた乱れは、もしかして先生の脈の乱れが、投影されていたのでは」との疑問に答の得られぬまま、気がつけば父の死から一年が経っていた。

きょうだいは、ときどき集まっていた。父の死後一年が過ぎたそのときも、私の家で兄や姉が買ってきた弁当や惣菜で食事をしながら、話といえばやはり介護の思い出だ。

毎日通っていた姉は、来るときにやはり重い気持ちはあったという。たいへんだなとか、自分の家の方のことのあれもこれもできないままになっているなとか。ただ、そうした思いを抱えながらも、玄関のドアを開けた瞬間、「温かい気みたいなもの」がいつも流れてきて、癒されたと。兄が深く肯き、同意する。

存在そのものが価値

「温かい気みたいなもの」は私もわかる。週末、家を出る時間までに仕事が終わらず、やりきれない焦燥感を胸に自転車をこいできても、ドアを開けた瞬間、ふっと和らぐ。出張で「ここは本当に私のいるべき場所ではないのでは」という疑問に苦しみ帰ってきたときは、特にそうだった。介護の疲れを癒すのも介護、と言ってはきれいごとに過ぎるが、その中でしか得られぬものはたしかにあった。

「温かい気みたいなもの」の源が、父であったか、家族の絆であったかはわからない。ばらばらだった家族を再び結び合わせたのが父であるなら、後者も前者に含まれようか。

介護を受ける身になってから父は、「存在価値」を発していた。

「存在価値」には少し註釈が要るかもしれない。私が好きで『がんから始まる』でもその文章を引用したフランクルは、人生の価値として創造価値、体験価値、態度価値を挙げる。仕事などの活動を通しての創造的な価値の実現ができなくなっても、ベッドにいながらの読書や音楽鑑賞といった体験を通しての価値の実現ができなくなっても、置かれた状況に対する態度によって何らかの価値を実現できる。

フランクルの言及はこの三つだが、フランクルの研究者の山田邦男は、これらと別に「存在価値」と呼ぶべきものにもフランクルが気づいていたことを示す。創造価値、体質価値、態度価値をもはや実現できなくなっても、「ただその人が存在しているということだけで有している」「究極的価値」である（『フランクル人生論　苦しみの中でこそ、あなたは輝く』山田邦男著、ＰＨＰエディターズ・グループ）。

食事をすませ、お茶を飲んで、持ち寄りの果物やお菓子などを分け合って、夜九時頃外へ出る。最寄り駅まで兄と姉を送るべく、住宅街を並んで歩き出してから、

「そうだ、あの家、思い切って見にいかない？」

と私は言った。父の家へは、駅の手前で寄り道すれば、すぐだ。

「えーっ」二人は躊躇した。

「あれ以来行ってない。自分がどうなるか怖くて」と兄。ジムや歯医者でこの辺にはしょっちゅう来ている姉も「わざと通らないようにしていた」。

「だったらよけい、三人でいっしょのときに行こうよ。でないと一生行けなくなるかも」

かく言う私もリフォームをすませてからは、不動産仲介会社にすべて任せ、近づくことをしていなかった。

見にいく、と言ってもすでに別の人が住んでいるから、中へ入るわけではない。マンションの集合玄関を見て、横の道に回って、ベランダ側をよその家の駐車場越しに見るだけだ。

行ってしまえば、なんてことはなかった。キッチンに灯りがついており、そこにはすでによその家族の団らんがあり、自分たちの家ではないことを感じたが、リビングの方は遮光カーテン。隙間から灯りが漏れている他は、窓は黒っぽい裏地でおおわれ、私たちの頃のカーテンと変わっているかどうかもわからない。

「ああ、あるね」

「あるある」

「そりゃ、あるよね。家まで消えるわけじゃないんだから」

指さして、自分たちの発言に苦笑して、駅で別れる。

愛する人がいなくなった後も世界はある。当たり前のそのことを、わが目をもって確認した。それだけでも前進だ。

あの家は、見ることのできないものではなくなった。あの界隈は、行けないところではなくなった。それは大きな一歩である。介護の後の、親亡き世界をそれぞれが進んでゆくための。心のタブーがこの日をもって外れたぶん、またひとつ私たちは自由になったのだ。

エンディングノート

その少し前『続・ちょっと早めの老い支度』という本のために、ファイナンシャルプランナーの山田静江さんと対談した。そこでエンディングノートが話題になった。私たちは、何も終わるつもりではないからラスト・プランニングノートと、対談では呼んでいる。

腫瘍マーカー騒ぎを通り抜けてきたばかりの私は「ラスト」もやや抵抗感があったが、山田さんたちのプロデュースするノートは、その呼称も改め「らしさノート」にすると聞き、得心が行った。「らしさ」は自分らしさから来ているそうだ。

ノートの話で、山田さんが言うには、銀行の口座はどこにあるといった資産一覧もだいじだが、家族への言葉もぜひ書いておいてほしい、ひとことでいいからと。

そのことが心に残った。

私は介護に関し、家族に対し負い目がある。介護を終えて、私には父の住んでいた家が残った。今はローンを払っているが、それがすめば資産になる。

姉は時間を傾けた。その時間、働くことはできなかった。兄は生活費などフローのお金を注ぎ込んだ。そのお金は残ることはなかった。甥たちも若い時間の多くを費やし、もしかしたら将来設計に影響したかもしれない。

私ひとり、何も失わなかった。仕事も続けることができた。あの家を買うとき描いた青写真のとおりに、結果的になったわけだが、それで「めでたしめでたし」なのか。

あの資産は私ひとりで形成したのではない。ローンがまだまだあるけれど、返し終わってもできる限り売らないで、家族の集まる場所にするか、状況次第できょうだいやその家族が住んでもいい。

そういうことは自分で思っているだけでなく、どこかに書いておかないといけないのだ。でないと伝わらない。

ラスト・プラニングノートは、がんから十年過ぎたところで、部分的に記入はしていた。合理的な私らしく、保険や銀行口座やローンなどの情報だ。「家族への言葉」や「自分史」なんて、

「湿っぽくて、とてもとても」

と空欄のまま放ってあった。が、介護が終わって一年を機に、山田さんのすすめもあって、思い切ってペンをとることにした。そしてこれも親の家を見にいくのと同様、思ったよりなんてことなく、むしろはればれしたのである。

「家族へのメッセージ」の欄に書いた。

愛情深い家族に恵まれたことは、この上ない幸せです。このノートに書いた資産は、皆さんの私への深い理解と、介護などの場面での、無償の心による協力があってこそ、築くことができました。少ないですが、皆さんと私で仲よく分け合い、共に役立てていきましょう。

「自分の歴史・将来」の欄にはこう記す。

二十代。エッセイが仕事になる。

三十代。母亡くなる。

四十代。がんと生きる日々はじまる。俳句をはじめる。小説をはじめる。父の介護はじまる。

五十代。父亡くなる。

エッセイ、俳句、小説、どれにも意欲的。健康で仕事をできるのがとても幸せ。支えてくれる人々に感謝している。

まだまだ生きる。

あとがき

介護はほとんどの人にとってはじめての経験だ。とまどいながらも手探りで方法を探していく。五年間を振り返ると、高齢者の、わけても認知症の人の心身に関する知識を早くに得ていれば、介護がもっと楽にでき、本人にもよりよい介護を提供できていたのではと悔やまれる。

例えば、認知症の人と接するには「視線の高さを合わせて正面から見つめる」ということを、介護の途中で知った。私は逆のことをしていた。父の後ろの台所で炊事や洗い物をしながら、ひとりではないという合図を送るため、しばしば声をかけていた。本人は見えないところからの呼びかけに、かえって不安になったのではあるまいか。

愛情ではなく、技術の問題である。

新聞や雑誌では介護を、家族の関係性と心の持ち方とで語る記事が目につく。よくある例では、思春期は支配的であった親に、介護のはじめは憎悪に近い感情を抱いていたが、とある出来事をきっかけに、親の人生の最後に与えられた和解の時間と思えるようになった、というものだ。私もいくつか取材を受けたとき、ファミリーヒストリーめいたものを詳しく聞かれるのが、意外だった。

真に望むのは、どのような生育歴であろうと過去にどのような親とどのような関係にあろうと、そうした個別の状況を超えて、今現在の介護に広く適用できる、普遍的な知識と技術の普及である。高齢者の体にはどんな変化が起きるのか、環境や介護する者の言動といった情報の受信にはどのような特徴があるか、などだ。

内面の世界の理解は、介護に新たな地平を開いたように、私の場合は感じている。特に根本にあるのが不安と知ったことは、不安こそはがん後の私が常に課題としていたものだから、深い共感と尊敬の念が生まれた。

認知症（アルツハイマー病）とは、原因不明で脳の神経細胞が脱落し脳機能が低下する病気ですが、それは病気の一側面でしかありません。もう一つの重要な側面は、自信がなくなり、自尊心が傷つき、周囲との交流が少なくなってしまい、孤独感や疎外感を感じるという精神的な側面です。これは病気ではなく、むしろ正常な心の反応というべきものです。（中略）脳の機能低下には根本治療がありませんが、このような精神的な側面は理解し心情に寄り添うことで改善することができます（『治さなくてよい認知症』上田諭著・日本評論社）。

がんと心のケアとの関係と、似ていることに驚く。がんも体の病気ではあるが精神的な側面を持ち、そこで陥りやすい自己効力感の喪失や孤独感や疎外感は正常な心の反応であること、適切な支援はがんそのものを治せなくてもそうした精神的な側面を改善し得ることを、私はこれまで書いてきた（『がんから始まる』『がんと心』いずれも晶文社／文春文庫）。

がんのときは記録をとっていたが、介護については、意識してとらなかった。がんは自分のことだが介護は父をはじめ家族が関わるため、書くまいと考えていたからだ。が、彼らには申し訳ないけれど、書いてようやく介護を終えることができたと、この本を出す今思っている。

二〇一六年六月

岸本葉子

岸本葉子
きしもと・ようこ

1961年神奈川県生まれ。東京大学教養学部卒業。
エッセイスト。なにげない日常を切り取った、
柔らかく知的なエッセイは、多くの読者の共感を呼んでいる。
また俳句や小説などにも表現の幅を広げている。著書は多数。
『俳句、はじめました 吟行修業の巻』(KADOKAWA/角川学芸出版)、
『きもちいい暮らしの哲学』(海竜社)、『カフェ、はじめます』
『二人の親を見送って』(中央公論新社)、
『江戸の人になってみる』(晶文社)など。

週《しゅう》末《まつ》介《かい》護《ご》
2016年7月30日 初版

著者
岸本葉子

発行者
株式会社晶文社
東京都千代田区神田神保町1-11
電話 03-3518-4940(代表)・4942(編集)
URL http://www.shobunsha.co.jp

印刷・製本
中央精版印刷株式会社

ISBN978-4-7949-6930-9
Printed in Japan